# 물도리동 / 애오라지

## 허규 극본집 1

# 물도리동 / 애오라지

## 허규 극본집 1

평민사

# 차례

# 1998년 초판 머리말

## 극본집을 내며

지난 해 가을 한국종합예술학교 연극원에서 '傳統演劇의 舞臺的收容' 과목을 학생들에게 강의한 적이 있다. 그때 강의는 이론 대신 워크숍 스타일로 진행을 하였고, 학생들에게 민예극단에서 공연했던 「물도리동」(77년작), 「다시라기」(79년작)를 읽히고 당시 녹음해 두었던 테이프도 들려주었다. 그런데 강의를 받던 학생들은 '70년대에 그런 실험이 있었던가?' 하며 생소하다는 반응을 하는 것이었다. 나로서는 무척 길게 느껴지지만 짧다면 짧은 20여 년이 지난 지금, 그동안 후학들에게 이러한 작품들과 그 '실험적 시도'가 전혀 알려지지 않았었다는 아쉬운 마음에, 1970년대에 이러한 작업이 있었다는 것을 알리고 싶다는 간절한 생각을 하게 되었다. 그러던 차에 때마침 주위에서 작품집 출판을 권유해 왔다. 이에 용기를 얻어 작품집을 출간할 수 있게 되었다.

작품집 제목은 여러 고민 끝에 『許圭 演劇劇本集』이라고 했다. 물론 이 작품집은, 분명 다른 희곡작가들처럼 문학적으로 썩 우수한 글들의 출판이 아니라, 제목에서 보듯이 극본집이라 했던 만큼 '우리의 전통 및 연극 유산들을 현대적 연극으로 만들기 위한 연출 작업의 일환'으로 썼던 작품들을 모은 것에 불과하다. 77년도의 「물도리동」, 78년도의 「바다와 아침 등불」, 79년도의 「다시라기」, 같은 해의 창극 〈광대가〉, 86년도의 〈용마골 장사〉, 90년도의 「애오라지」 등등의 창작활동 외에 그 이후로도 창극 〈춘향가〉, 〈심청가〉, 〈윤봉길〉, 〈홍범도〉, 〈이춘풍〉, 〈흥보가〉 등 창극 10여 편을 각색하는 작업도 하였는데, 이 역시 우리의 전통 연희를 어떻게 현대적으로 조화시키느냐 하는 작업의 일환이었다. 실제로 극작이 아닌 연출을

하던 나로서는 이 모든 것이 우리 전통연희를 몸에 익힌 극단 민예극장 단원들과 국립 창극단 단원들의 도움이 아니었다면 애초에 불가능한 작업이었다.

나와 작품들과의 관계를 나름대로 깊다. 첫 창작 작품인 「물도리동」은, 극단 민예극장이 무척 가난하였던 시절 사무실은커녕 심지어 공연 장비나 의상을 보관할 장소가 없어 남의 주차장을 세내어 사용하였던 환경에서 썼던 극본이었는데, 제1회 대한민국 연극제에서 대통령상을 수상하였다. 「바다와 아침 등불」은 거제도를 무대로 한 작품이다. 경상도 사투리를 구사할 줄 몰랐던 내가 고인이 되신 장모님(거제 출생)께 검증을 받아 가며 어렵사리 써내었던 작품이어서 감회가 깊다. 「다시라기」는 그해 대한민국연극제에서 연출상을 받은 작품으로, 79년 10월 25일 개막했는데 바로 그 다음날인 10월 26일 박 대통령 시해 사건이 생겨 계엄령 선포로 공연을 중지해야 했던 사연이 담긴 작품이다. 그 당시 여기저기서 힘들게 빌린 돈으로 막을 올리게 되었다가 공연 중단으로 공연 수입이 전무해져 난감한 입장에 처해지기도 하였다. 그 해 11월에 간신히 공연이 재개되었지만, 다음 해 5월 국립극장 소극장에서 재공연 때는 마침 5·18사건이 발발, 관객 없는 텅 빈 극장에서 공연을 하기도 하였으니 그야말로 국가 운명과 함께한 기막힌 인연의 작품이라 하지 않을 수 없다. 「다시라기」는 그 후 아쉽게도 재공연이 이루어지지 않았다.

졸작 극본집을 출판하면서 지난 시절을 돌이켜 생각하게 되니 마음 한 구석에 감회가 새롭기도 하지만 한편 이 극본집이 과연 어느 정도 우리 연극 만들기에 도움이 될지, 아니면 나의 약점만 드러내는 것이 아닌지, 책방 한쪽에 멋쩍게 꽂혀진 채 우스운 꼴이나 되지 않을지 걱정도 된다.

여하간에 출판 지원을 해준 문예진흥원과 어려운 여건에도 선뜻 출판을 맡아 주신 평민사에 감사를 드리고, 특히 내가 병원에 입원해 있을 당시 玉稿를 써주신 유민영, 서연호 교수께도 감사드린다. 끝으로 이 극본들을 쓸 수 있게 도와 준 아내에게 감사하고 이 극본들이 공연될 때 참가했던 연기자들에게도 감사한다.

1998년 9월 8일
聞鼓堂에서
嵋巖 許圭

---

\* 1998년도에 출간되었던 『허규 극본집』에서 2019년 「물도리동」과 「애오라지」의 두 작품으로
 《허규 극본집1》을 다시 만들어내면서 머리말은 초판 머리말을 그대로 넣었습니다.

# 물도리동

## (12장)

제1회 대한민국 연극제 대통령상 수상작품

허규 연출

1977.10.13~17

시민회관 별관

## 등장 인물

산주
도령
각시
양반
선비
서낭님
초랭이
이매
어머니
떡다리
별채
백정(주인)
부네
무당
스님
학 1 · 2
악사(피리 · 대금 · 가야금)
아쟁(북 · 장고 · 징)
서장

# 서장

이 연극의 분위기와 주제를 암시하는 음악이 은은히 울려 퍼지며 막이 오르고 무대가 서서히 밝아진다.

연기자 전원 객석을 향해 반달형으로 줄을 정돈, 정좌하고 있는 모습 보이고 무대 중앙에 기름때가 묻고 그을음이 찌든 고풍의 반닫이 궤짝이 놓여 있다.

궤짝 앞에 작은 상 하나, 그 위에 낡은 古書 몇 권, 수백 년쯤 묵은 향로에서 몇 줄기의 가느다란 향연이 피어 오르고, 조명 차차 넓게 밝혀지면서 무대 위에 열두 폭짜리 병풍에 산수화(반드시 산과 마을 사이에 ㄹ자로 흐르는 강물의 그림이어야함)가 아련하게 나타나며 內室에 어울리는 작은 병풍이 양쪽 앞 무대에 나타난다.

병풍의 색깔이나 古書, 향로 등 모두 수백 년 묵은 오랜 전통의 냄새를 맡을 수 있게 해주지만, 정좌하고 있는 사람들의 표정과 태도에는 어딘지 세련미가 보이고 특히 그들의 눈빛은 초연한 가운데에도 엄숙함이 깃들어 있고, 어딘지 모르게 도전적인 의태가 보이고 품위와 열정이 숨어 있음을 감지케 한다.

음악 연주가 끝나고 한참 동안 정적이 흐른다.

멀리 개 짖는 소리, 밤물새 소리, 다듬이 소리, 무대 공간을 번갈아 메아리쳐 온다.

가늘고 섬세한 긴장이 흐르고.

무대 가운데 앉아 있던 반백머리 고집스레 보이는 중년 노인, 산주 일어서 징을 둥—두둥, 둥—두둥 한참을 치고, 침착하고 또박또박하게 입을 연다.

그의 언동으로 보아 이 무리 중에서 지도적인 입장에 있는 사람임을 짐작케 한다.

**산 주**    이 시각부터 우리 동간네들은 매일 밤 한 차례씩 찬물에 목욕하고 수정같이 맑은 마음으로 별신굿 끝나는 날까지 이렇게 함께 지내야 하네.
지난 세월 궂은 일 좋은 일들 돌이켜 보고, 나만의 소망, 나만의 부귀영화를 꿈꾸지 말고, 온 마을의 소망, 우리 모두의 소원이 이루어지도록 정성을 다하는 것이 우리 동간네들 사명.
우리들의 춤과 노래와 재주로써 천지만물과 사람의 영혼을 감동시켜 사람들이 삶의 보람을 느끼고 삶의 은혜를 깨닫게 하는 것, 그것이 우리 동간네들의 사명이라네.

징을 다시 친다.
산주 궤짝 뚜껑에 두 손을 얹고 잠시 망설이다 뚜껑을 연다.
궤짝 속을 주시하다가 보물이라도 들어 내듯 탈 하나를 끄집어 낸다.
하회 별신굿 각시탈이다.
산주 모두에게 보인다.

**산 주**    탈, 탈, 타알 물도리동네 별신굿 각시탈, 이 탈에 얽히고 설킨 얘기인데 옛날 아주 먼 옛날에 물이 돌아 흐르는 강촌에 신랑 없는 새색시 시집을 왔지.
오늘 밤 그 전설을 얘기하려네.

# 1장

끼룩끼룩 물새소리 허공을 가르고 지나간다.

좌중에 있는 허름한 옷차림의 키가 큰 중년(떡다리) 머리에 수건을 동여 매고 배의 노를 상징하는 듯 길고 얄팍한 나무를 들고 일어서고 화려한 혼례 복장을 하고 앉아 있던 각시와, 함을 지고 일어선 별채, 사공을 따라 무대 앞쪽으로 나와 선다.

나머지 사람들 궤짝과 상을 치우고 演技에 방해가 안 되도록 양 옆으로 물러 앉는다.

음악이 연주되면 떡다리 노를 젓는 몸짓을 하면서 노래부르고 좌중 연기자들 후렴을 합창한다. 마치 船遊 놀이를 하는 듯. 노래 진행되는 동안 각시는 체념한 듯한 표정에 입가에는 자조의 빛이 보인다. 눈은 산마루에 올라 앉아 황량한 벌판 위에 흩날리는 눈발을 바라보듯 멀고먼 어느 곳을 응시한다.


(뱃사공의 노래)

에루화 에헤야 어이디여 어기야.

① 태백산 정기 박달뿌리 씻은 물이 리을 자(ㄹ)로 굽이 도는 낙동강이 절경일세.

에루화 에헤야 어이디여 어기야.

② 물이 돌아 물도리동네 천지만물 돌고 돌아 만 년 층암 천척 절벽 부용대가 우뚝 솟았다.

(후렴)

③ 남산에 아침 햇살 색색 꽃이 방싯 웃고 안개 걷힌 북강 백

사장에 철새 울음 신묘하다.

(후렴)

④ 울울창창 만송정은 부용대를 마주하고 청솔바람 물새소리 화답을 하는구나.

(후렴)

⑤ 선바위(立岩) 말바위(馬岩) 장수와 준마련가 네가 오너라 손짓만 하니 오작교를 기다리는가.

(후렴)

⑥ 정월보름 별신굿 칠월칠석 불꽃놀이 두레소리 풍류가락 화답하는 물오리동네.

(후렴)

**사 공**　(배를 나루터에 대는 동작으로) 자 건너왔소.


각시와 함재비, 배에서 내리는 몸짓을 하면 조금 전부터 모여들기 시작한 마을 사람들, 합창을 하고 방정스럽게 생긴 초랭이와 어릿어릿하게 생긴 이매. 춤을 추며 새색시 행렬을 따른다.


**마을 사람들**　(합창) 시집을 온다네, 꽃다운 열여섯 살, 강 건너 월내 마을에서 시집을 온다네, 꿈도 많고, 웃음 많던 어린 시절 보내고 산 넘고 강 건너 월내 각시 시집오네.

**이 매**　저 각시 이 마을 소문 아는가 모르는가.

　　　　이 동네 총각 하나 물에 빠져 죽은 후에 강물 속에 총각 귀신 처녀들을 데려간다고, 꽃 같은 각시가 총각 혼령에게 시집오네.


노래하는 동안 각시는 천천히 무대 앞을 지나간다. 노래가 끝났을 무렵, 중앙에는 화문석이 깔리고 초례상이 차려지며, 신랑 설 자리에는 亡者의 위패를 얹은 신위 받침대가 놓여 있고 이 집 주인이며 망자의 아버지인 양반이 긴 수염에 큰 관을 쓰고 관복을 입고 중앙 뒤쪽에 서있으며 무당이 양손에 부채와 방울을 들고 풍악에 맞추어 움직인다.

각시 두 팔로 얼굴을 가린 채 마을 여자의 부액을 받으며 음률에 맞추어 혼례상 앞에 다가간다. 굿의 부정거리이다. 부정거리가 끝나면 망자의 넋을 부르는 넋청을 하고 넋반을 들고 있는 수수한 노파에게 넋 내림을 하여 노파의 몸을 떨게 한다.

굿의 내용은 연극이기보다는 굿이 갖고 있는 신비와 경이, 전율감이 감도는 주술적 효과가 잘 나타나게 연출되어야 한다.

무당 음악 반주를 멈추도록 하고.


**무 당**　(마달조로) 아이 답답구나 아이구 답답구나.
　　　　천 길 물 속에서
　　　　진흙에 발이 빠지고
　　　　바위는—가슴을 누르니—
　　　　숨이 막히고 답답하구나.
　　　　나를 보내 주오. 나를 보내 주오.
**산 주**　어찌다 그리 되었나.
**무 당**　말도 말우 말도 말어—.
　　　　강 건너 각시 하나를 사모했는데
　　　　강물이 막혀 한을 못 풀다가
　　　　강물에 조각달 잠긴 밤에 물새소리 들리길래
　　　　강 건너 보았더니
　　　　부용대 말바위에 처녀 하나 서서—

나를 오라 손짓하여 물을 건너다 그랬지.

아이 답답 숨막혀—.

**산 주**　그래 그래 알았다.

(위로하듯) 그래 그래.

이제—네 소원 풀어 줄 양으로 강 건너 예쁜 색시 데려왔으니 한일랑 모두 풀고 마음 편히 저승으로 가거라!

이제 좋지 이제 됐지.


무당 고개를 몇 번 끄덕이더니 방울을 흔들며 신이 올라 춤을 추면서 각시에게 다가간다.

벌써부터 질려 있던 각시 비명을 길게 지른다. 같이 놀라는 마을 사람들.

초랭이 방정스레 팔짝팔짝 뛰고, 이매는 무서워 다른 사람의 발목을 잡고 병신스럽게 떤다.

어떤 사람은 도망치기도 하고.


**양 반**　쉬—. (위엄이 있다)


일동 멈춰 선다.

마을의 젊은 여자 비틀거리는 각시를 부축하고 있다.

이때 얼굴이 희고 둥글며 다부지게 생긴 소년 도령 뛰어들어와서 무당의 진로를 가로막아 선다.


**도 령**　그만 해요 그만 해.

이런 짓은 못 해요—.

소문 소문 헛소문이 사람을 죽여요. 귀신 허깨비가 생사람을 죽여요.

성한 사람도 미치게 해요.


일동 어리둥절 공포에 잠긴다.


**산 주**    허허 이런 고이헌 놈 봤나! 무엇들 하느냐 저놈을 끌어 내지 못할까?


함을 지고 온 별채 배시시 웃고 초랭이는 콩 튀듯 안절부절 힘이 세 고 험상궂게 생긴 백정이 선뜻 나서더니 도령을 힘껏 밀어 버린다.


**도 령**    (밀려 나가며) 헛소문, 허깨비! 헛소문, 허깨비!


굿가락은 계속되고 무당은 각시에게 四拜를 시킨 다음 각시를 감 싸고 무대 뒤쪽으로 움직인다.

사람들, 초례상과 신위대를 치우고 각시와 무당 뒤에 화사하고 아 담한 작은 병풍을 둘러 치고, 가야금과 불이 켜진 고풍의 등잔대를 각시 앞에 놓아 두고 물러간다.

무대에는 각시와 무당, 양반, 산주.

굿장단은 더욱 빠르고 무당은 이부자리를 펴는 시늉을 한 다음, 각 시의 쪽도리 · 비녀 · 활옷을 벗긴다. 첫날밤 신랑의 역할을 연출하 는 것이다. 각시는 삽시간에 머리를 푼 소복 차림이 된다.

이러는 동안 초랭이와 이매, 그리고 젊은 아낙들 문창호지에 구멍 을 뚫고 신방을 들여다보는 시늉을 한다. 각시는 소복하고 등잔 옆 에 앉아 있다. 무당은 신랑의 혼령을 대신해서 각시에게 구애와 애 무의 몸짓을 춤으로 나타낸다. 방울 흔들며 밖으로 나와 가상의 방문과 벽을 돌면서 혼령이 밖으로 나가지 못하게 부채로 단단히 막는 시늉을 한다.

사람들, 무당을 보고 질겁하여 도망한다. 신방을 들여다보던 무당은 양반에게 모든 것이 끝났음을 고하고 양반 만족한 듯 고개를 끄덕이고 무당에게 후한 사례를 한다. 무당 돈을 받고 퇴장하면 양반과 산주 반대편으로 퇴장.

# 2장

병풍 앞에 다소곳이 앉은 새각시, 기러기 소리─들린다.

이어서 피리소리, 가슴을 후비는 듯 애원하는 듯 숨이 막혀 끊어지는 듯 하다가는 다시 이어지고 잠이 드는가 했더니 다시 넘실대는 파도처럼 하늘 높이 날아가 버린 듯 들리다가 금시 귓전에서 부는 듯 가까이 들린다.

마치 귀신의 솜씨 같은 피리소리, 그 소리에 화답하듯 강 건너 절에서 들리는 은은한 종소리가 합주한다.

각시는 등잔불을 바라보다가 가야금으로 눈을 돌린다.

사이.

벗어 논 활옷과 쪽도리를 보고 자기의 소복 차림을 본다. 풀어 놓은 머리를 손으로 가만히 만져 보면서 피리소리에 귀를 기울인다.

사이.

손을 뻗쳐 가야금을 가만히 끌어 당긴다. 무릎 위에 걸치고, 고운 손으로 가야금의 줄을 골라 누르고 퉁기기 시작한다.
뚱뚱퉁 투둥 땅—.
가야금소리는 피리소리를 따라가고 두 가지 소리는 음과 양이 화합하듯 조화를 이루어 간간이 들려 오는 절의 종소리와 어울려서 합주를 한다.
손놀림이 점점 빨라진다.
현재 각시의 처지와는 어울리지 않게 입가에는 비밀스런 미소가 감돌고 어깨와 손놀림이 열정적이고 흥겹다.
각시 노래를 부르기 시작한다.


각 시    (노래) 조각달은 강물에 출렁이고 청솔바람
         자장가에 물새도 잠자네.
         북편 강 날으는 기러기
         슬픈 노래에
         옥구슬 굴리는 피리소리
         반가워라.
         연지곤지 분 바르고 저 강을 건널 때
         하늘은 어두웁고 산은 무서웠는데
         은빛 물결 타고 오는 범종소리 들으니
         속마음 설레이고 가야금에 피맺힌다. (각시 노래 끝날 때 피리
         소리도 멈춘다)


잠시 후—피리소리는 다시 처음으로 돌아간 듯 길게 들려 온다. 마

치 각시를 부르는 듯, 각시의 눈매에 어떤 결의의 빛이 보인다.

사이.

각시 가야금을 제자리에 놓고 등잔 쪽에 몸을 기울여 한 손으로 등잔불을 감싸더니 입으로 훗하고 불을 끈다.
—무대는 검푸른색으로 바뀌고 어둠 속에 흰 옷 입은 각시의 희미한 움직임이 보인다. 각시의 걸음은, 피리소리를 따라 한 마리의 상처 입은 학이 고향을 찾아 너풀거리고 가는 형상이다. 때로는 용기를 내고 때로는 지쳐서 쉬었다가 다시 발걸음을 내딛는다. 달빛 같은 밝음이 무대를 밝혀 주면 피리 불고 있는 도령의 모습. 아까 혼례굿 장소에 나타났던 그 도령이다.
도령, 각시의 출연을 알았으나 무관심한 듯 피리만 불고 있고, 각시는 무엇에 홀린 듯 도령 옆을 돌아 무심히 지나친다.
도령, 피리를 멈추고 각시가 나간 쪽을 지켜 보고 있다.
북소리가 두리둥둥 울린다.

각 시    (비명) 사람 살려요, 사람 살려요.

물새들이 놀라 깨어서 삐—삐— 끼룩거린다.
도령, 각시가 사라진 쪽으로 뛰어간다.
떡다리가 황급히 뛰어들며 소리친다.

떡다리    어허, 어허, 사람이 물에 빠졌어요… 새색시가 강물에 뛰어들었어요.

초랭이와 이매가 눈을 비비며 나타난다.

**초랭이**　누가 빠졌지? 누가 빠졌지?

**떡다리**　누군 누구야. 오늘 시집 온 월내 새댁이지.

**초랭이**　새댁이? 새댁이 왜 물에 빠졌지?

**떡다리**　(아는 체하며) 그야 뭐 신랑이 데려가는 거지, 이 맹추야.

**이 매**　어메 그, 그 총각귀신 말야?

**초랭이**　그래서… 그래서.

**떡다리**　뭐가 그래서야?

**초랭이**　죽었나? 살았나?

**이 매**　살면 뭘 하노, 살면 뭘 하노.

**초랭이**　아깝다.

**이 매**　아깝지야.


이때 도령, 물에 젖은 각시를 안은 도령 나타난다.

세 사람 흠칫 놀란다.


**떡다리**　저걸 어쩌지? 큰일났네 제 신랑이 데려가는 것을 가로채 왔
　　　　　으니….

**초랭이**　살았을까 죽었을까.

**이 매**　살면 뭘 해, 죽는 것만 못 하지.
　　　　　저런… 저런 저 각신 살아도 못 살아.


도령, 각시를 마루 위에 눕히고 자기 옷자락으로 각시의 얼굴과 손
의 물기를 닦고 살려 내는 듯, 포근히 안고

**도 령**   각시, 각시… 정신차려요, 조금만 기운을 내요.
         각시는 살 수 있어, 살 수 있어! 안심해요.

         초랭이와 이매, 호기심에 차서 바라보고 있다.
         떡다리 불만스럽게 보고 있다.
         각시, 서서히 정신이 든다.
         도령, 안도하고 초랭이와 이매는 궁금해서 살았는지 죽었는지 눈
         짓 몸짓으로 도령에게 묻는다.
         도령 조용히 물러가라고 손짓한다. 두 사람 안달을 하면서 계속 묻
         는다.
         도령 고개를 끄덕인다.
         초랭이 의외라는 듯 이매를 보고 쑥덕거린다.
         각시 몸을 움츠려 움직여 본다. 몸을 일으켜 주위를 둘러본다. 그
         녀의 거동은 꿈꾸는 듯이 보인다. 사람들을 둘러보더니 경계하는
         듯 몇 발씩 물러선다.
         도령은 각시의 안전을 생각하며 달래듯 다가간다.
         각시 슬금슬금 쫓기고 도령 쫓아간다.
         각시 멈추고 도령을 바라본다.
         도령 각시의 손을 잡는다.
         각시 한동안 도령의 눈을 바라보다가 도령에게 안겨 얼굴을 묻는다.
         초랭이와 이매는 못 볼 것을 본 듯 질겁을 하고 부러워하기도 한다.
         떡다리는 안절부절
         이때 무대 뒤쪽에 붉은 불빛이 너풀대고 연기가 피어 오른다.

**각 시**   (노래) 내 서러운 마음이 달빛따라 갔어요.
         불 같은 아침해가 솟아올라

어둠 속 두려움은 사라졌어요.
불 같은 뜨거운 아침 햇빛이
당신 가슴에서 솟아났어요.
차가운 내 마음을 녹여 주어요.
(불타는 쪽을 가리키며) 저것 보세요.
너울너울 아침해
아직까지 나는 저런 해를 본 적이 없어요.


도령, 각시가 가리키는 쪽을 보고 놀란다. 다른 사람들도 놀란다.


**떡다리**  불이 난 거다. 이거 큰일났군, (큰 소리로) 저 여자가….
불이야,
불이야—.


뛰어나간다. 초랭이, 이매도 불이야 소리를 치며 뛰어나간다.
잠시 후 마을 쪽에서 요란한 경종소리 울려퍼진다.
각시는 여전히 제정신이 아닌 듯
'내 서러운 마음…'의 노래를 부른다.
도령, 가엾은 생각이 든다.
초랭이, 빠른 걸음으로 뛰어나온다.


**초랭이**  동사에 불이 났어요.
아씨, 아씨 어서 내려가세요. 주인 마님이 이쪽으로 오시고
계십니다요.


이매가 비척거리며 들어온다.

| | |
|---|---|
| **이 매** | 어메야, 동사가 탄다. |
| | 별신굿재비가 다 타버린다. 이를 우얄꼬! |
| **도 령** | 여기서 떠들지 말고, 불을 꺼야지, 자 불을 잡으러 갑시다. |

도령, 뛰어나간다.
양반, 황급히 나타나고 뒤따라 백정, 떡다리, 잘난 체하며 나선다.

| | |
|---|---|
| **떡다리** | 아까 각시가 이상한 말을 했어요. 불 같은 해가 뜬다고—그리고 몸이 뜨거워지고 열기가 솟는다고—그리고 나서 동사 쪽을 가리켰어요. 가리키는 쪽을 보니까 동사에 불이 났어요. 연기도 났어요. |
| | 그리고 또 각시가 어둠이 사라졌다는 말도 하고 그리고 둘이서… 둘이서…. (말을 못 하고 껴안는 시늉을 해보인다) |
| **양 반** | 입 다물고 내려가서 불이나 잡아! |
| **떡다리** | (굽실거리며) 예, 예… (나가면서) 둘이서 뜨거운 열기가 몸을 덮어 준다고…. |
| **양 반** | (버럭 소리치며) 입 다물지 못할까? |

떡다리 겁에 질려 나간다.

| | |
|---|---|
| **양 반** | (각시에게 다가가서) 아가 내려가거라. 젖은 몸에 찬 바람 쏘이면 병난다. (사이) 아가 내려가거라. |

각시 무거운 발걸음으로 걸어 나간다.

| | |
|---|---|
| **양 반** | (몇몇 마을 사람들의 시선을 느끼다가 호령한다) 뭣들 하고 있는 |

거야!
불을 꺼야지. 불, 불을.


모두 나간다.
조명 밝게 바뀐다.
산주 관객을 향해 노래 부른다.


**산 주**    (노래) 물도리동에 탈이 났구나.
불길은 하늘로 치솟고
강바람은 회오리치네.
불길은 마을을 덮었고
동사는 잿더미로 변했네.
서낭님이 노해서 화가 되었는가.
월내 각시가 부정하여 탈이 났는가.
마을에 괴질이 돌고 돌아
하나 둘 죽어가고
인근 마을에 소문이 번져
마을 사람들 발이 묶였네.


# 3장


동네 아낙네들과 노인, 아이들 병고에 시달린 몸짓으로 나타난다.
여자 1은 아기를 안은 채, 여자 2는 머리에 짐을 인 채,

노인은 머리에 띠를 매어 병자임을 쉽게 알 수 있다.

세 사람은 각자 춤을 춘다.

여자 1은 병든 어린 아이를 구하려는 노력, 여자 2는 남편을 잃고

슬퍼 울고, 노인은 괴질에 걸려 죽어가고 있다.


**여자 1**　(노래) 금구슬 옥구슬로 바꿀 수가 있을까?

　　　　내 옥동자!

　　　　무서운 병 얻었으니 이를 어쩨!

　　　　손가락 잘라 피 먹여도

　　　　이를 어쩨!

**여자 2**　서방님 서방님.

　　　　어이 혼자 떠나시오.

　　　　찬 이슬 내리고

　　　　기러기 슬피 우는

　　　　길고긴 가을 밤을

　　　　원앙금침 홀로 베고

　　　　나는 어이 살라고

　　　　혼자서 떠나시오.

**노 인**　전생에 무슨 죄로

　　　　이 몸이 병들었나.

　　　　머리는 불덩어리

　　　　가슴은 터져 나고

　　　　무슨 죄로 이리 아플까.

**여자 1 · 여자 2 · 노인**　(합창) 비나이다 서낭님전 비나이다.

　　　　마을마다 길목은 막혀 있고

　　　　떠나간 나룻배는 돌아오지 않으니

어리석은 백성들
굽어 보소서, 살펴보소서.

모두들 자리에 앉아 빈다.
도령이 어머니를 업고 들어와서 내려놓는다.

**어머니**  아가, 나는 괜찮다.
늙은 것이 얼마나 살겠다구 여길 떠나니?
나는 물도리땅에 남아 있다가 이 땅에 묻힐란다.
너 혼자 떠나거라.

**도 령**  어머니.
저는 젊고 힘이 있어요.
죽음을 생각지 않아요.
이 두 팔과 두 다리로 어머니를 어디든지 모실 수 있어요.
자 얼마든지.

**어머니**  아니다. 나는 더 갈 수 없다.
업힐 기운도 없구나.

**도 령**  그럼 어머니 여기서 좀 쉬었다 가지요. 푹 한숨 주무셔요.
(어머니를 눕힌다. 도령 장난스레 어머니의 어깨를 토닥거리며 노래
한다)
(노래) 아가 아가 금동아가
잘도 생긴 우리 아가
샛별 같은 두 눈 속에
금빛별이 잠들었네.

새근새근 잠이 들면

별나라에 날아가서

꽃구름을 타고서는

너울너울 춤을 추네

선녀 같은 우리 아가

잘도 생긴 우리 아가.


어머니와 마을 사람들 모두 도령의 노래에 안겨서 잠이 들어 있다.
도령, 노래를 그치고 봇짐에서 피리를 꺼내 분다.
잠시 후 산주가 초췌한 모습으로 나타난다.


산 주  (잠자는 사람들을 둘러보고) 모두들 일어나요. (도령 피리를 멈춘
       다. 졸던 사람들 산주를 바라본다) 모두 돌아가시오.

여자 1  이제는 마을로 갈 수가 없어요. 서낭님 영험도 없어지고 산
        주님 내림도 다 소용 없어요. 이 동리는 사람 살 곳이 못 돼
        요. 나는 의원을 찾아갈 테요.

여자 2  (울부짖듯) 하늘이 노하셨소, 하늘이 노하셨어.

노 인  산주 영감 나좀 살려 주구려 나좀. 이 불덩이 같은 머리, 가
       슴은 치밀어 올라 먹을 수도 없고, 뱃속은 돌덩이가 들어 있
       는 듯 뒤틀리고, 산주 영감 좀 살려 주구려. (엎어진다)

산 주  여러 말 말고 마을로 돌아갑시다. 물도리동 사람들은 아무
       데도 갈 수가 없소, 아무 동리에서도 받아 주지를 않소. 길목
       마다 막혀 있소. 살아도 여기서 살 궁리를 해야 돼요.

여자 1  그럼 그럼 이대로 자식을 죽인단 말이오? 죽을 줄을 번연히
        알면서 지옥 같은 곳으로 병든 아이를 데리고 돌아가잔 말
        이오?

산 주  내 말을 잘 들으면 사는 수도 있지.

**노 인**  산주 영감 어떤 내림이라도 받으셨나?

노인 산주의 거동을 살핀다. 산주 입을 열기 시작한다.

**산 주**  서낭당에 올라가 내림대 잡고 서낭님께 빌기 몇십 시간, 서 낭님 홀연 내 앞에 나타나 말씀하시길 "물도리동은 늙었다 늙었어, 벌써부터 탈이 났었어. 탈을 만들어 별신굿을 해라, 정결한 총각을 골라 탈을 만들어야 해. 탈을 다 만든 다음엔 영험이 들도록 온 정성을 다해 만들어서 바쳐라." 이렇게 말 씀하시곤 남산 쪽 구름 위로 자취를 감추었소, 마을이 늙었 소… 나도 늙었고. 자 마을로 들어가요. (명령조다. 아무도 움직 이지 않는다)
자 모두들 돌아갑시다. 가서 서낭님 말대로 정성을 다해 탈 을 만듭시다. 탈이 다 만들어질 때까지 한 사람도 부정한 짓 을 해서는 안 되오. 부정을 타면 탈 만든 사람은 물론 마을 전체가 지옥이 돼요. 정성을 다해야 돼요. 그래야만 우리가 살 수 있소. 그냥 이대로 죽을 수는 없지 않소?

산주의 강압적인 언동에 위축되어 마을 사람들 움직이기 시작한다.

**도 령**  (어머니를 업고 산주에게) 그럼 그 탈을 누가 만드나요.

**산 주**  그야 내림굿을 해서 서낭님이 지시하는 대로 할 수밖에. 자 다들 내려갑시다.

모두 퇴장한다.

# 4장

삼신당 당나무 앞, 무당과 또 한 사람이 간단한 제사상을 들고 들어와 무대 중앙에 놓는다.

악사들, 굿가락 울리면서 등장하고 마을 사람 몇이서 내림대를 들고 들어와 제수상 앞에 세운다.

내림대 꼭대기에는 여러 개의 방울(신령)이 달려 있고 청·홍·백·흑·황포를 사방으로 늘여 내림대가 움직이지 않게 잡아맨다.

이어서 산주·양반·선비와 그 밖의 마을 사람들이 들어오고, 도령복을 입은 젊은이 세 사람이 따라 들어온다. 세 사람 중 하나는 허 도령이다.

분위기는 엄숙하면서 어딘지 살기가 도는 듯 날카롭고 잔인한 느낌을 준다.

무당은 자리가 정돈된 것을 확인하고 내림대 가까이서 빈다.


**무 당**　물도리 대동에….

갑술년 화재로 동사가 소실되어 제기를 모두 불태웠고…

원인 모를 괴질이 온 동네에 번져서 병들고 죽어 동네가 망해 가고 있는데에…

서낭님 분부 받잡고, 별신굿 탈을 새로이 만들고자 하오니 굽어 살피시고, 내려 보시와 내림을 주옵소서ㅡ!


굿장단이 시작된다.

무당, 한 차례 춤을 춘다. 춤추는 동안 산주는 내림대 앞에서 무당이 한 말을 되풀이하며 정성껏 빈다.

그의 이마에 땀방울이 솟고, 장단이 고조될 때 내림대의 신령이 약간씩 울기 시작한다.

산주 드디어 두 팔을 올려 내림대를 잡는다.

잡자마자 신령이 크게 울리고 굿장단은 박자 없이 요란한 소리를 내다가 갑자기 그친다.

무 당　서낭님! 뵈온 지 오래시오—.

산주, 내림대를 잡은 채 끄덕끄덕한다.

무 당　서낭님 이 동네에— 불벼락이 나더니 나쁜 병까지 들고 있사온데—어찌 하시려고 굽어 살피시지 않으시는지—살펴 주셔야지요.

산주, 고개 좌우로 돌린다.

무 당　물도리동네 사람들이 뭘 잘못했수?

산주, 끄덕끄덕.

무 당　서낭님을 잘못 모셨수?

산주, 도리도리.

무 당　누가 살인을 했나요? 도둑질을 했우? 간통을 했수—?

산 주　(고뇌가 섞인 목소리) 이 동리는 몇백 년 동안 큰 고난 없이 잘 지내 왔다. 다 내 덕인 줄 알아야지.

**무 당**   그저 다 서낭님 은혜지요.

**산 주**   큰 고난이 없었으니 마을은 묵은 때가 끼었어.

작은 죄가 쌓이고 쌓여 큰 죄가 되고 그 죄를 죄로 생각지 않는 사람들로 가득 차있어.

큰 죄 덩어리가 되었으니 작은 벌을 받아서는 깨달을 수 없다.

너희들은 이제부터 큰 죄의 값을 치러야 하느니라.

**무 당**   네 네, 그저 서낭님이 시키는 대로 하겠사와요. 옳은 말씀이셔요.

**산 주**   큰 정성을 올려라.

**무 당**   네 네, 그래서 오늘 서낭님 모실 총각들을 불러 모았으니 살펴보시고 영를 내려 주시옵소서.

마을 사람들과 총각들 긴장한다.

**무 당**   안씨 가중 세 형제중 막내 손자 열입곱 살 난 안씨대주—.

방울 울리지 않는다.
잠시 기다린다.
산주 측은할 만큼 진땀을 흘리고 있다.

**무 당**   다음 정씨 가중, 삼 남매 맏자손 열아홉 살 정씨대주—.

방울소리 안 난다.
마을 사람 중 안도의 숨을 쉬는 몇 사람.

**무 당**    다음 허씨 가중에 이대 독자 자손 열여덟 살 허씨대주—.


방울 요란하게 울린다.
정 도령과 안 도령 조용히 숨을 돌린다.
허 도령은 멍청히 그대로 앉아 있다.


**무 당**    내렸소, 내렸소 허 도령에게 내렸소.


굿장단이 울리고 무당은 신에게 감사하는 춤을 춘다.
마을 사람들의 표정은 각양각색 연민과 동정의 시선, 회심의 미소,
감탄과 경이, 공포와 회의, 걱정과 한숨, 그러나 산주는 대수술을
끝낸 의사처럼 피곤해 있다.
정 도령, 안 도령은 일어서서 마을의 굿장단에 어울리나 허 도령은
움직이지 않는다.
허 도령은 회의와 고뇌에 빠진 듯하다.
아니 산주를 의심하고 있다.
천천히 일어서서 내림대 쪽으로 발을 옮긴다. 이 마을 사람들 틈에
끼어 있던 각시가 홀연 나타난다.


**각 시**    도령은 죄를 지었어요. (모두 놀라서 각시를 바라본다) 도령은
죄많은 나를 물 속에서 건져 내었소, 내 몸에 손을 댄 남자
예요.
그러니 내 죄가 옮아 간 깨끗지 못한 남자예요.
이런 사람에게 탈을 만들게 할 수는 없어요.


마을 사람들 각시의 대담성에 놀란다.

각시 도령에게 다가간다.


**도 령**   그랬소, 그랬으니 어쩌겠소, 그리고 난 저 각시를 사랑했소.

**양 반**   (각시에게) 그 자리에 서있거라. (자존심과 권위가 무너져 노발대
발하고 있다)

저 아이를 끌어 내라.

**도 령**   (나서며) 아무도 손대지 말아요.

만일에 손을 대면 정말 큰 죄를 짓고 말 테요.


모두 제자리에서 움직이지 않는다. 발이 얼어 붙은 듯—.


**산 주**   여러분 진정하십시오, 도령은 죄가 없습니다.

각시도 죄가 없어요.

만일 도령이 각시를 부정하게 사랑했다면 서낭님이 지시를
하지 않았을 겁니다.

죽으려는 사람을 살려 낸 것이 어찌 죄가 됩니까? 모두 진정
하고 내 말을 들으시오.

자, 허 도령 이 내림대를 잡아라. 이 명령은 내가 하는 것이
아니라 서낭님께서 내리신 명령이다. 어서….

**도 령**   (내림대를 잡고) 죄가 아니라면, 각시를 사랑하는 것이 죄가
아니라면 무엇이든지 하지요. 기꺼이 하지요.

**각 시**   안 돼요, 도령은 죽어요. (산주 도령이 잡은 내림대를 함께 잡고
중얼거리듯 말한다)

탈을 만든 다음에 죽게 된대요.

죽어야 한대요.

**산 주**   허씨 가중의 독자 허씨대주….

| 도 령 | (복창한다) |
|---|---|
| 산 주 | 삼신님이 지켜 보시는 앞에서…. |
| 도 령 | (복창) |
| 산 주 | 서낭님께 서약합니다. |
| 도 령 | (복창) |
| 산 주 | 오늘부터 목욕재계하고. |
| 도 령 | (복창) |
| 산 주 | 백 일 동안 외부와는 일체 접촉을 금하며. |
| 도 령 | (복창) |
| 산 주 | 크나큰 정성을 다 바쳐서. |
| 도 령 | (복창) |
| 산 주 | 마을을 위해서 서낭님 전에. |
| 도 령 | (복창) |
| 산 주 | 별신굿 탈을 만들어 바치겠나이다. |
| 도 령 | (멈칫했다가 복창한다) |
| 산 주 | 동리 여러분들도 함께 서약하시오. |

사람들 갑자기 엄숙해진다.

| 산 주 | 오늘부터 탈이 완성될 때까지 부정한 짓을 하지 않고. |
|---|---|
| 일 동 | (복창한다) |
| 산 주 | 별신굿을 위해 탈을 만드는 허 도령 가까이 가지 않을 것을 서약합니다. |
| 일 동 | (복창) |

산주의 지시에 따라 잽이들 풍악을 연주하고 내림대를 든 남정네

들 덩실덩실 춤을 추며 무대를 돌아 밖으로 나가면 산주 허 도령
을 부액하고 뒤따라 나간다.

**양 반**　　(각시를 가리키며) 저 아이는 가두어 둬라.

**초랭이**　(아씨, 가시죠.

각시, 마을 사람들의 저주스런 시선을 받으며 퇴장한다.


# 5장


흰색 작은 병풍이 펴지면서 제수상을 가린다.
병풍 옆에 백정과 떡다리가 파수를 보고 서있다. 곧 이어서 허 도
령의 어머니가 목판에 뭔가 싸들고 구부러진 허리를 지팡이에 의
지하고 비척거리며 나타난다.


**떡다리**　(소리치며) 누구요?

**어머니**　날세 나야, 떡다리 내 자식 좀 만나 보려고 왔네.

**떡다리**　(백정을 힐끗 보고 큰소리로) 안 돼요. 어서 내려가요.

**어머니**　나는 저 아이의 어미야. 자네도 알지 않아?

**떡다리**　알고 모르고 간에 누구도 들여 보내지 못 해요. 들여 보냈다
　　　　　간 도령이 죽어요.

**어머니**　난 괜찮네. 제 어미가 보는데 부정 탈라구. 먹을 것을 좀 가
　　　　　져왔을 뿐이네. (들어가려 한다)

**떡다리**  (몽둥이로 어머니를 밀어 붙이며) 안 된다니까요.


어머니 비칠하면서 넘어진다.
떡다리 당황한다.
얼른 어머니에게 가서 일으켜 부축해 준다.


**어머니**  (노래) 제 어미 보고 놀라서 죽는다니! 무슨 말인가. 내가 낳
은 자식인데… 내 자식인데….
천지간에 어미 보고 놀라서 죽는 자식 보았는가 보았는가?
내가 낳은 자식인데, 내 자식인데… 내가 내 자식을 더 잘
알지!
나는 믿어! 내 아이는 죽지 않아. 죽지 않는다니까. 잠깐만
만나게 해줘—응. (떡다리를 피해 들어가려 한다. 떡다리 다시 막
아 서며—)

**떡다리**  안—안 돼요.
산주님의 내림 없인 아무도 그 아무도 들여 보낼 수 없어요.
먹을 것도 안 돼요. 죽어도 안 된다니까요. (백정보고) 저 사람
보고 물어 봐요. (어머니 백정을 본다. 백정 고개를 끄덕한다)

**어머니**  (떡다리를 무시하고 소리친다) 아가, 내가 왔다. 네 어미다.


떡다리 어머니의 입을 막는다.
어머니는 떡다리의 손을 뿌리치고 소리친다. 이때 산주 나타나 이
광경을 보고 엄하게 꾸짖는다.


**산 주**  누가 여기서 큰소리를 내고 있나?… 누군데 이리 소란을 피
우는 게야?

**어머니**    나요, 산주 영감 나요, 저 아이 좀 만나려고 왔수—잠깐 만나도 되지요.

**산 주**    (냉정하게 잘라 말한다) 안 돼요. 이 일은 인정사정 보고 안 보고 할 일이 아니오. 할머니 아들은 당분간 서낭님의 영험이 담겨 있는 탈을 다 만들 때까지는 아무도 만날 수 없다는 걸 알지 않소. 저 도령 만나면 도령이 다친단 말이오. 자, 내려가시오.

**어머니**    (분개하며) 천지간에 이런 법이 어디 있소. 죄를 짓고 갇힌 아이도 아닌데, 어미가 제 아들을 못 만난다니⋯ 목소리라도 듣게 해줘요. (떼를 쓰듯 밀고 들어가려 한다)

**산 주**    (어머니가 가진 걸 보고) 그게 뭐요⋯.

**어머니**    먹을 것 조금하고 그 아이가 읽던 책하고⋯ 또 피리⋯ 이 피리는 조상 대대로 전해 내려오는 것인데, 이것만이라도 꼭 들여보내 주구려, 정말 부탁이우. (산주 망설인다) 정 안 된다면 할 수 없지. 어떤 탈을 만드는지⋯ 제가 신명이 나서 만들어야 값이 있지⋯ 남이 시켜서 억지로 만들면 무슨 영험이 있어 강제로 시키는 일에 무슨 신통력이 있을라구.

**산 주**    (좀 생각하다) 그 물건들 날 주고 가시오. 내 적당한 때에 서낭님 내림을 물어 들여 보낼 테니.


어머니, 불신의 눈초리를 보내다가 산주에게 목판을 건네주고 피로한 듯 밖으로 나간다.

산주, 목판을 들고 병풍 쪽을 한참 바라보다 퇴장한다.

# 6장

청아한 음악 스며들며 병풍 조용히 걷히면 도령이 책을 읽고 있다.

**도 령**　공부는 克己가 제일이니라.

　　　　근란 것은 이른바 나의 마음이 좋아하는 것이 天理에 不合하
　　　　는 유혹을 이름이니, 반드시 나의 마음을 검찰하여 벼슬 · 향
　　　　락 · 보배 중 어느 것을 좋아하는가.

　　　　백 가지 좋아하는 바가 理致에 맞지 않으면 즉시 일체를 痛
　　　　斷하여 그 싻과 맥을 머물지 못하게 하라. 나의 마음이 좋아
　　　　하는 것이 義理에 있고 利와 근가 없으면 비로소 克己한 것
　　　　이니라. (도령 책을 덮고 졸기 시작한다)

청아하고 신비스런 음악 들려오고 오색 영롱한 불빛이 비쳐 마치
꿈결 같은 세계 열린다.

작은 병풍이 걷히면 두 마리의 학이 너울너울 춤을 추며 날아들고
뒤이어 휘황한 금빛 옷을 입고 머리에 금은보석이 장식된 관을 쓴
귀부인이 학의 깃으로 만든 큰 부채로 얼굴을 가리고 나타나서 한
두 마리의 학, 허 도령의 주위를 선회하며 날개로 도령의 몸을 쓰
다듬기도 하고 마치 잠에 빠진 그의 혼을 깨우려는 듯 큰 날갯짓
을 한다.

학춤이 진행되는 동안 도령이 몸을 일으킨다.

두 마리의 학이 귀부인 옆으로 가서 다소곳이 서 있다.

| 서낭님 | 도령아, 일어나거라. 지금 잠들 때가 아니다. |
|---|---|
| 도 령 | 누구시오? |
| 서낭님 | 나는 이 마을을 지키는 서낭의 어머다. |
| | 공부는 시작도 끝도 없는 것. |
| | 사랑도 시작도 끝도 없는 것. |
| | 서두르지 마라, 서두르지 마라. |
| | 너무 많이 가지면 그 값을 모른다. |
| | 월내 각시는 전생에 나의 딸이니라. |
| | 네가 나의 딸을 사랑하거든 그 아이의 고통을 지켜보아야 |
| | 한다. |
| | 굶주리고 가엾은 아이가 밥 한 알의 고마움을 알듯 |
| | 사랑의 값을 알려 주어라. |
| | 사랑을 위해서라면 |
| | 죽음까지도 달게 받아들이겠느냐? |
| | 억울하고 분하고 부당한 희생, 그 희생은 사랑을 더욱 진하 |
| | 게 할 것이다. |
| | 네가 진정으로 누구를 사랑하거든 |
| | 그 사랑하는 마음을 버려야 한다. |
| | 그래서 많은 사람들이 |
| | 네 몫까지 그를 사랑하게 해야 하느니라. |
| 도 령 | 서낭님 나는 젊어요. |
| | 나의 죽음, 나의 고통이 무슨 의미가 있나요? 탈을 만들고, |
| | 굿을 하고 제사를 지내는 것이 무슨 의미가 있나요? |
| | 나는 아직 젊어요. |
| | 할 일이 많고 하고 싶은 일이 너무 많은데… |
| | 나를 이런 장막 속에 가두어 놓고 어찌시려는 거예요? |

서낭님 누가 너를 가두어 둔 것이 아니다.

네 스스로가 갇혔다고 믿는 것이니라.

(노래) 인생은 신비로운 것

무궁한 비밀들이 조화를 부리는 것

마음을 열고 모두 받아들이면

천지만물이 모두 너의 것

외롭다고 생각하면

죽음처럼 괴로운 것

인생은 오묘한 것

영롱한 구슬이 조화를 부리는 것

마음을 열고 모두 받아들이면

자유를 찾고 자유를 얻으리라.

죽음을 이겨라.

절망을 이겨라.

세상이 모두 너의 것이 되느니.

도 령 나는 이해할 수 없어요.

내가 왜 이런 속박에서 탈을 만들어야 하는지를! 난 아무 일
도 하지 않겠어요.

서낭님 납득되지 않는다고? (빙긋이 웃는다)

죽음이나 태어남이 본래 이해할 수 있는 것이 아니란다. (인
자한 어조로) 네가 왜 이 세상에 태어났는지를 이해할 수가 있
느냐?

인간 세계에는 이해되지 않고 납득이 안 가는 일들이 얼마든
지 있단다.

별 · 물 · 바람 · 고기, 이름모를 풀벌레들, 네가 알고 있는
것만이 존재하는 것은 아니다.

네가 하고 싶은 일, 만나고 싶은 사람들 모두 네 마음속으로 불러 들여라.
장막이 어찌 네 마음을 가두어 놓을 수 있겠느냐.
자, 이제 네가 알고 있고 그래서 그리워하는 바깥 세상이 어떤지 보여 주마.

무대 한쪽에 양반과 선비가 등장하며 거드럭거리고 춤출 때 탈을 쓴 초랭이와 이매, 부네를 대동하고 나타난다.
초랭이와 이매는 각기 자기 주인에게 부네를 데려왔다고 한다.
양반과 선비, 서로 부네를 차지하려고 싸운다.
그러는 동안 부네는 살짝 피해 버린다.
화가 난 양반과 선비는 하인들을 부른다.

**양 반**  여봐라.

**선 비**  (동시에) 여봐라.

**초랭이 · 이매**  네─.

**양 반**  저 부네를 어서 내 앞에 대령 못할꼬.

**선 비**  너 냉큼 저 부네를 내 앞에 대령하지 못할꼬.

초랭이 부네에게 가서 절을 하고 양반에게 가자는 몸짓을 하면 이매 땅에 엎디어 두 손과 두 발로 빌면서 선비에게 가자고 한다.
부네, 이매에게 다가가자 초랭이 방정을 떨며 부네의 앞을 가로막고 양반께 가자고 손을 끌고 간다.
마침내 이매와 초랭이 부네를 사이에 두고 싸움이 벌어진다. 주먹질도 하고 씨름을 하지만 항상 무승부이다. 이때 백정 가면을 쓴 사람이 칼과 도끼를 휘두르며 망나니 춤을 추며 들이닥친다.

백정의 난폭한 기세에 눌린 양반·선비·초랭이·이매·부네는 질겁하여 도망치고 백정은 그들의 뒤를 쫓는다.

바람소리가 일더니 오색채륜이 서리고, 무대 한쪽에 수를 놓고 있는 각시 모습이 보인다.

도령은 믿을 수 없는 표정으로 각시를 바라본다. 서낭님은 학들에 에워싸여 바람처럼 사라진다.


도 령    (환상에 빠져) 각시는 언제부터 이곳에 있었소?

각 시    도련님이 불러서 오게 되었소.

도 령    (기뻐하며) 각시는 지금 무얼 하고 계시오?

각 시    수를 놓고 있어요. 옥색 같은 소복에 꽃송이도 그리고 청학·백학 춤추는 그림도 수를 놓아요. 도련님 만나는 날 입으려 했는데 벌써 만났으니 이젠 그만두겠어요.


각시 수놓던 일을 멈추고 도령을 바라본다.

도령이 손을 뻗쳐 각시를 부른다. 각시는 수줍은 듯 맵시 있게 걸어서 도령에게 다가간다.

도령 각시의 손을 부드럽게 잡고 노래한다.


도 령    (노래) 장막은 무덤같이 적막했어요.
         각시 생각을 하면서
         다시 만날 수 있기를
         서낭님께 빌었어요.
         내 앞에 나타난 각시!
         아 나는 지금 행복해요.

각 시    (노래) 나는 알아요.

죽음을 향해 가고 있는

당신의 외로움

나는 알아요.

하늘엔 먹구름 뭉쳐 오고

차가운 바람이

옷 속을 스며들지요.

내 목숨 구해 준 사람

무엇으로 보답하리.

무엇으로 표현하리.

내 가슴속 이 사랑을!

도 령      (노래) 사랑이 바닷물처럼

행복이 바닷물처럼

넘쳐 흐르면, 넘쳐 흐르면

고마움도 모르고

아쉬움도 모르고

미워질까 봐

원망할까 봐

사랑은 절반만을

절반만의 사랑을!

당신에게 바치리!

그리하여 둘이서 완전한 사랑을 이루리.


두 사람 환희에 넘쳐 춤춘다.

구름 속을 헤매듯 환상에 빠져서 불길 속에 뛰어든 듯 격정적이다.

각시의 요염한 자태, 성난 파도와 같이 난폭해지는 도령 춤이 절정

에 이를 때 어디선가 마루를 치는 둔탁한 소리 탁, 탁, 탁.

각시 갑자기 굳어져 뒷걸음치고 각시의 등 뒤로 별채가 나타난다.

잔인한 미소를 머금고 각시를 잡으려 한다.

각시 뭐라 하며 저항하나 목소리가 나오지 않는다.

각시의 뒤를 별채가 따른다.


도 령    (애절하게) 각시 각시 가지 말어.

나와 함께 있어 줘.

(체념한 듯)

(노래) 사람과 사람이

얼마나

헤어져야 하나요.

어머니 품에서

혼자 떨어져

죽는 날까지, 죽는 날까지

얼마나 많은 이별을

맞이해야 하나요.

(안타까운 몸짓으로)

(대사) 서낭님, 서낭님.

조금만 더 시간을 주세요.


도령, 무릎을 꿇고 하늘을 향해 간절히 빈다.

무대 뒤에서 다시 발을 구르는 둔탁한 소리.

도령 비로소 꿈을 꾸고 있었던 것을 알아챈다.

꿇어 앉은 자신을 발견한다.

그때 무대 뒤에서 교활하고 잔인한 별채, 불쑥 나타나 도령의 거동
을 보면서 배시시 웃는다.

도령 장막 안에 사람이 들어온 것을 느낀다.

잠시 침묵—.

도령 뒤를 돌아본다.

별채 여전히 배시시 웃고 있다.


도 령    누구요….

        여긴 아무도 들어와선 안 돼….

별 채    나는 별채라는 사람이오.

        이 동리에 이상한 소문이 돌길래 궁금해서 한번 들어와 봤
        소.

도 령    ….

별 채    (도령을 빤히 쳐다보다가) 별 일도 일어나지 않는 걸 가지고 쑥
        덕거리는구먼 실례했소. (나가려 한다)

도 령    (낮은 소리로 다부지게) 잠깐….


        별채는 멈춘다.


도 령    당신이 여기 들어왔을 땐 무슨 곡절이 있었던 것 같은데 누
        가 시켜서 들어왔소? 아니면 나를….

별 채    (웃으며 고개를 젓는다) 난 단지 궁금해서 도령이 정말 죽는지
        어떤지 궁금해서 들어와 보았을 뿐이오.

        실례했소. 잘해 보시오. (빈정거리듯 말을 던지고 고양이처럼 살
        금살금 사라진다)


        도령, 생각에 잠긴다.

        마치 거미줄 같은 죽음의 그물에 감겨 있다가 풀려 난 듯한 해방

감에 잠긴다. 삶의 가능성을 확인한 기쁨인지도 모른다.
흰 병풍이 가려진다.

# 7장

주막집의 오후, 부네 혼자 앉아서 먼 산을 바라보며 신세타령을 부
르고 있고, 술집 주인(백정) 코를 드르릉거리며 낮잠을 자고 있다.
잠시 후, 별채 기세등등해서 들어온다.
부네, 손님 온 줄도 모르고 노래만 부르고 있다.

**별 채**    이 집 장사 안 할려나.

부네 힐끗 귀찮다는 표정. 별채, 낮잠 자는 주인을 흔들어 깨운다.

**별 채**    이봐 주인, 잠만 자고 있음 어떡해.
           돈을 벌어야지.
**주 인**    (화를 벌컥 내며) 이거 어떤 뼈다귀가 갈쭉거리는 거야?
**별 채**    가난한 고기장수라 뼈다귀밖에 모르는군.
**주 인**    뭣이 어째? (벌떡 일어나 때릴 듯이 멱살을 잡는다)
**별 채**    (생글생글 웃어 가며 주인 손을 뿌리치고, 돈 몇 푼을 꺼내 술상 위
           에 탁 소리가 나게 놓는다. 주인 의아하게 쳐다본다) 내 부탁이 하
           나 있소.
**주 인**    부탁이라니!

| 별 채 | 사람을 좀 찾아 주오. |
|---|---|
| 주 인 | …? |
| 별 채 | 의성 월내에서 시집온 각시 알죠? |
| 주 인 | 알지. |
| 별 채 | 내가 그 색시를 만나러 온 사람인데 벌써 며칠째 찾을 수가 없소. |
| | 본 사람이 없으니…. |
| 주 인 | (건성인 듯) 친정으로 간 게지 뭐. |
| 별 채 | 친정으로 갈 여자가 아냐. 그래서 찾아온 거지. |
| 부 네 | 소문에 들으니 허 도령하고 좋아 지낸다는데 포장 속에 신방 차린 건 아닌지요? |
| 별 채 | 그게 문제야. (의미 있게) 그게 다 미친 짓이란 말요. |
| 부 네 | 누가 미쳤단 말이오? |
| 별 채 | 이 동리 사람 모두가 미쳤지. |
| 주 인 | (다시 험악해지며) 말 다한 거야? |
| 별 채 | 내가 말을 잘못했나? |
| | 미쳤으니 미쳤다고 했지. (또 생글거린다) |
| 주 인 | (돈을 보더니 슬쩍 집어넣고는) 너 이놈 아가리가 근질거리냐? 헛소릴 하게, 어디 맛 좀 봐라. |
| 별 채 | (생글거리며) 내가 너한테 맞는다면 생겨나지도 않았겠다. 잠깐 기다려! |
| | 내 재미있는 얘기 들려 줄 테니. (부네, 주인 어이가 없다) |
| | 내가 어젯밤에 허 도령인가 뭔가 하는 녀석이 있는 포장 속을 들여다봤지. |
| 주 인 | (놀라서) 뭐? |
| 별 채 | 정말이라니까. |

| 주 인 | 이제 보니 네놈이 미친놈이구나. |
|---|---|
| 부 네 | (호기심이 생겨) 그래서? |
| | 들여다봤더니… 죽었나요? |
| 별 채 | 두 눈 말똥말똥 뜨고 날 쳐다보던데? |
| 부 네 | 그래서… 그래서요? |
| 별 채 | 날보고 나가라고 그러데? 그래서 나왔지. 이래도 동리 사람들이 미치지 않았단 말이오? |
| 주 인 | (느닷없이 별채 팔을 비틀며) 네가 죽으려고 주둥일 함부로 놀리는구나. 이놈 맛좀 봐라. (별채 아파 소리친다) 뺀질뺀질해가지고, 네놈이야말로 미쳐도 되게 미쳤지, 너 이놈 산주 어른께 가자. (끌고 가려 하자) |
| 별 채 | 갈 것 없어. 이리 오실 테니. |
| 주 인 | 어째? 이리 오셔? |
| 별 채 | 초랭이한테 얘길 했지. 나는 여기 있겠다고… 아이구 팔이야. 이것 좀 놓으시오. |
| 주 인 | 오냐 그럼 기다리자. |

주인, 허리끈으로 별채를 잡아매 놓고 흘러 내리는 바지를 잡고 있다. 이때 양반을 선두로 산주·초랭이 바쁘게 들어온다.

| 양 반 | 어느 놈이냐, 어서 일러라. |
|---|---|
| 초랭이 | (묶인 별채를 보고) 저 녀석올시다. (둘러선다) |
| 양 반 | 네 이놈 어디서 온 자인데 입을 함부로 놀렸느냐? |
| 별 채 | 사실대로 말했을 뿐입니다. |
| 양 반 | 이런 고얀…. |
| 주 인 | 어르신네, 이놈이 주둥일 함부로 놀리길래 어른께 끌고 가려 |

고 묶었습죠.

별 채  어르신네와 산주 어른께만 드릴 말씀이 있으니 아랫것들을 물러가게 하시오.

주 인  뭣이 어째 (때리려다 바지춤이 내려가 얼른 붙든다) 아랫것들?

산 주  모두 밖으로 나가 있거라. (나간다) 자 바른 대로 말해 보거라.

양 반  만일 사실 무근이면 넌 살아 남지 못할 것이니라….

별 채  이 두 발로 걸어 들어가서 두 눈으로 똑똑히 보고 얘기까지 하고 나왔습니다. (얄미울 정도로 자신이 있다)

양 반  (산주를 의심하며) 어떻게 된 거요? 이게 무슨 망신인가…. 산주 영감은 저놈의 말을 믿소? 안 믿소?

산 주  (당황한다) 무슨 말씀을….

양 반  영감을 의심해서가 아니라 저놈의 말이 전혀 거짓말 같지가 않으니 말이오.

산 주  어른께서 그런 말씀을 하시다니… 큰 벌을 받으십니다.

양 반  (깜짝 놀라 변명한다) 아니 그런 게 아니라고 말하지 않았소? 산주 영감을 의심하는 것이 아니라….

별 채  간단한 일 가지고 어렵게 궁리를 하시는군요.

양 반  뭐? 간단해?

별 채  간단하지 않구요. 문제는 심각시를 찾아서 내쫓으면 되지요.

양 반  아니 저놈이 병 주고 약방문까지 지어 주려는군. 에이 고얀 놈 (산주에게 은밀히) 됐네. 저놈 말이 맞어. 그 아기를 찾아 친정으로 보내면 되겠군. (너털웃음) 정말 간단한 걸, 괜한 고민을 했군.


산주, 양반의 태도를 못마땅하게 보고 있다. 이때 밖에서 술렁이는 마을 사람들 소리 들린다.

**마을 사람들** (떠든다) "그 미친 놈을 이리 내보내시오."
"그놈을 쫓아내라."

마구 떠든다. 양반 겁나서 슬슬 피한다.

**마을 사람A** (앞으로 나서며) 양반 어른, 산주 어른 빨리 저놈을 내쫓으십
시오. 그리고 흑백을 가려 주십시오. 우리 모두 의논을 했어
요. 저놈 말이 사실이면 농사 짓는 일이고 뭐고 다 그만두고
동리를 모두 떠나겠소. 지금 허 도령 모친은 막사에 가서 아
들을 데리고 가겠다고 실갱이를 하고 있고… 도대체 온 동리
가 벌집을 쑤셔 놓은 듯 야단들이오.
**산 주** 모두들 진정하시오.
**양 반** (용기를 얻어) 조용들 해라. 무식한 것들이 뭘 안다고 떠들어
대는 거야.
**산 주** 이 자는 이 동리에 대해 원한을 품고 온 자가 틀림없소. 그래
서 거짓말을 한 것이오.
마을 사람들 저런 못된 놈 봤나 저놈을 당장….

별채, 갑자기 깔깔거리고 웃는다. 모두 놀란다.

**마을 사람들** 저놈이 미쳤군 미쳤어.
**산 주** 그 원한은 각시 때문이오. (마을 사람들 어리둥절한다)
저 자가 원래 각시를 사모한 끝에 정신이 돌아 버린 것이
오. 각시를 찾아서 자기 친정으로 돌려 보내 주기로 의논이

되었소.

**별 채**  (빈정대듯) 그래요. 난 미친놈이오. 각시를 찾아만 주면 얌전히 돌아가겠소. (마을 사람들 어리둥절한다)

**양 반**  그래, 그렇게 되면 만사가 해결되는 거야. 만사가 깨끗이 끝나는 거야.

**아낙A**  그 의성 월내댁이 애물이야. 그것이 오자 전에 없던 불이 나고 사람이 죽는… 괴질이 돌고 (양반에게) 그 애물을 찾아 빨리 돌려 보내세요. (양반 아까 기세와는 반대로 풀이 죽는다)

**아낙B**  그러나 저러나 산주 영감님, 허 도령은 어떻게 되는 거예요. 허 도령은 정말 죽어야 되나요? 심각시를 보내 버려도 죽어야 해요?

**산 주**  (신경질적으로) 허 도령이 죽고 사는 것을 내 맘대로 하는 것이 아니니 나한테 묻지 마시오. 각시 있는 데를 누가 아오? 아는 사람 없소?

**아낙C**  며칠 전에 제비원 미륵바위에서 본 사람이 있다고 들었는데 지금도 있는지 모르지요.

마을 사람들 "동리가 망하기를 바라는 공수를 드린단 말이지."

"당장 찾아다가 쫓아 버려야지." (모두 떠든다)

**별 채**  저를 보내 주십시오.

제가 데리고 의성으로 돌아가겠습니다.

**양 반**  그게 좋겠군.

어서 녀석을 풀어 줘라.

그리고 동요하지 말고 가서 하던 일이나 하도록 해라. (술집 주인 별채를 풀어 준다)

**별 채**  그럼 여러분들 평안히 사십시오.

제비원에 가서 이 동리 소원 이루어지게 빌어 드리지요. (독특한 웃음 띠며 퇴장)

**양 반**  그놈 참 기분 상하게 하는 놈이로군.

**산 주**  자! 여러분은 동사 지을 차비나 계속하시오.
정성을 잊으면 안 돼요.
마을 사람들 자 다들 갑시다. (나간다)


# 8장


제비원 석상 앞.
병풍 중앙에 미륵석상 그림이 걸린다.
각시 얌전하게 걸어 들어와 석상 앞에 서서 큰절한다.


**각 시**  (노래) 비나이다, 비나이다. 제비원 미륵님 전에 비나이다.
경상도 의성 심 소저 제비원 미륵님 전에 발원하옵니다. 소녀는 가난한 집안에 태어나서 16세에 강을 건너 물도리로 시집왔사온데, 신랑은 망자이오라 처녀 과부가 되었습니다. 분하고 서러운 마음 달랠 길 없다가 죽기로 결심하고 강물에 뛰어들었사옵니다. (재배하고) 때마침 총각 도령이 물에서 건져 내어 이렇게 살아 있사옵니다.
그 도령은 지금 장막 속에 갇히어 서낭님 전에 제물 되기를 기다리고 있사옵니다. 하루빨리 미륵님의 영험 은혜 베푸시어 모진 마음 유화하여 주옵시고, 마을 화평 번영 이루게 하

여 주옵소서. (다시 큰절을 하고 춤추기 시작한다)

지나가던 중이 각시의 모습을 보고 거드렁거리며 다가선다.

스 님   나무관세음보살. (각시 중을 보고 경계한다)
이런 곳에 젊은 아녀자가 혼자 있으면 위험하실 텐데….
이곳은 호랑이도 자주 나타나고, 도둑들이 지나 다니는 곳
이라오.
날은 저물고 빗발마저 서리었으니 어서 내려가십시오. (각시
못 들은 체 절만 한다)
각시의 모습 보니 무슨 딱한 사연 있으신 것 같은데 발원하
실 일이 있으면 우리 절로 가십시다. 이곳에서 얼마 안 떨어
진 석가산에 봉정사가 있소이다.
각 시   말씀은 감사하나 소녀는 이곳에서 머물러 있겠으니 가시던
길이나 가십시오.
스 님   만나고 헤어지는 인연이 모두 부처님의 뜻, 어서 우리 절로
가십시다. (각시 중을 한번 보고 하늘을 보더니 석상을 본다. 잠시
조용히 앉았다가 몸을 일으킨다. 갑자기 뇌성이 크게 울린다. 각시
멈칫 선다. 뇌성은 계곡을 흔들면서 멀리 사라진다. 별채 나타난다.
각시 사색이 된다)
별 채   각시가 여기 와있는 줄 모르고 얼마나 찾았는지 모르오. (각
시에게 다가가려 한다)
스 님   (앞으로 나서며) 댁은 누구시오?
별 채   이 각시를 모시러 온 사람이오. (과장해서 합장, 인사를 한다)
각 시   (입 속으로) 저를 구해 주시옵소서.
스 님   이분은 불공을 드리러 우리 절로 가실 분이오. 부처님의 뜻

이니 못 데려가십니다.

**별 채** 이 각시는 불쌍한 사람이올시다. 죽은 총각 혼령에게 팔려서 시집을 온 처녀 과부올시다. 나는 이 고을 현에서 세곡을 거둬들이는 별채인지라 마을 속사정을 잘 알지요. 이 각시의 처지가 불쌍하여 각시 부모님과 의논 끝에 파혼을 시켜 나와 같이 살기로 약정했습니다.

**각 시** 나는 이제 월내 마을 심은례가 아니어요.

과부 각시도 아니고요.

월내 심각시는 물도리강에 빠져 죽었어요. 나는 나예요.

스님, 저 사람을 돌려 보내 주십시오.

**별 채** 각시, 그렇게 간단히 넘길 일이 아니오. 나는 모든 것을 알고 있소. 허 도령… 그 사람이나 각시나 물도리동 사람들 모두가 지금 허깨비에 홀려 있어요. 나는 허 도령도 만나 보았소.

각시, 크게 놀랐다가 곧 의심하는 듯하다.

**별 채** (배시시 웃으며) 안 믿으시는군… (중에게) 대사님은 내 얘기를 믿으시겠죠? 사실입니다. 제가 허 도령이 목욕재계하고 탈인가 뭔가를 만드는 장막 속에 들어가 봤어요. 물도리 마을 사람들은 도령 있는 곳에 접근하면 도령이 죽는다고 믿기에 내가 들어가 봤소. 말도 건네었소.

각시, 안 믿는다.

**별 채** 스님은 믿으시죠? 사실이올시다. 각시는 믿으려 하지 않는 군요.

스 님  (빙그레 웃으며) 원인이 있겠지. 원인 없는 결과란 없으니까.

별 채  (화를 발끈 내며) 원인이고 뭐고 따질 필요 없소. 사실이니까요. 사실은 사실이죠. 스님도 안 믿으시는군요. (미륵을 가리키며) 미륵님도 안 믿으실까요? 안 믿어 줘도 좋아요. 나 혼자 믿죠. 난 내 눈으로 확인을 했으니까요.

스 님  그렇게 오만불손하게 말한다면 아무도 믿을 수가 없지. 자비심 없는 곳에 믿음이 없고 믿음이 없는 곳엔 사랑도 없지.

별 채  (놀리듯) 자비심, 믿음, 사랑? 그런 것이 밥 먹이나?

스 님  (점점 기세가 등등) 나는 복잡한 것은 몰라요. 명확해요. 도령은 안 죽을 것이 확실하고 난 저 각시를 데려가야 된다는 목적이 뚜렷해요.

스님, 느닷없이 별채의 뺨을 세게 때린다. 별채, 예기치 않던 일이라 어리둥절하고 각시도 놀란다.

별 채  중이 사람을 쳐? (화가 나서) 이 돌중 같은 놈이 누구를 쳐?

별채, 중을 때리려고 덤벼들자 중, 태견으로 간단하게 별채를 내리쳐서 바닥에 눕힌다.

스 님  믿을 수 있어? 없어? 사실이나 믿기는 어렵지, 믿음이란 그런 것이야!
알았으면 어서 일어나 가봐.

별채 정말 믿을 수 없다는 표정으로 중을 본다. 그러나 중의 자신만만한 태도에 눌려 일어나서 뒷걸음치면서

별 채    중이 사람을 쳐? 어디 두고 보자. (각시 쪽으로 가서 각시의 손

목을 잡아 챈다) 할 수 없지. 강제로 끌고 갈 수밖에.

스 님    (위협적으로) 허허 그래도 소란을 피우고 있군.


이때 "그 손을 놔"하는 날카로운 목소리, 곧 이어 허 도령 나타난다.
별채는 귀신을 만난 듯 혼비백산 각시의 손을 놓고 뒷걸음친다.


각 시    도령, 도령 (믿을 수 없다는 듯 보고만 있다)

도 령    (중에게) 스님, 수고가 많으셨습니다.

이제 이 각시는 염려 마시고 어둡기 전에 절로 올라가십시

오. (중 또한 도깨비에 홀린 사람처럼 나무아미타불을 외면서 자리

를 뜬다. 도령, 각시에게 다가 서며)

(노래) 이승에서 영영

못 만날 줄 알았지.

나의 만남 나의 생명

그대 만나 이 순간!

이곳도 나의 장막 속!

각 시    (노래) 구름 뒤로 숨어 온

구름 타고 떠나 온

멀리 멀리 날아가서

천국으로 가버려요.

도령·각시    (둘이 함께) 바람 불고 눈꽃송이 내리는

저 하늘로 하늘 멀리로

구름 타고 사라져요.

바람 타고 사라져요.

두 사람 노래 부르며 행복한 듯 춤을 추다가 퇴장.


# 9장


산주 등장. 관객 쪽으로 향해서


**산 주**  (노래) 남산 위에 낮게 뜬 구름
비바람 몰아쳐 오고
서녘에는 노을이
보라색 빛을 발하고 있네.
물새들 솔밭으로 날고
솔잎 타는 냄새
마을을 뒤덮었네.
들창에 등잔불 하나 둘
도령의 장막에서
탈을 깎는 망치소리
부용대 절벽을 울리누나.
(대사) 마을 사람들은 정성을 바쳐서 마을 사랑을 짓기 시작
했지.


초랭이를 비롯한 마을 사람들 집터 다지는 노래를 부르며 무용을
한다.

**초랭이**   에헤야 지경이오.

마을 사람들 돌을 잡아 맨 줄을 당겼다가 땅을 다지며 후렴을 부
르면서 집짓기 무용을 한다.

**마을 사람들** 얼싸 좋구나 지경이오.
경상도 태백산은
낙동강이 둘러 있고
물이 돌아 물도리
마을 사랑 지경이오.

동방에는 청제지신
남방에는 적제지신
서방에는 백제지신
북방에는 흑제지신
중앙에는 황제지신
열의열신 하강하자
마마에 화평번창
소원성취 발원이오.
이 집터를 다 질 적에
오색찬란 무지개가
재목하러 산에 가니
사슴 한 쌍 나타나고
돌을 깨러 산에 가니
산삼밭에 열렸다네.
집터 파기 시작할 제

거북이가 나타났고
우물 파기 시작할 제
학이 한 쌍 날아 들고
물을 길러 가봤더니
봉황새가 날아드네.
에헤이야 지경이오.
얼싸 좋다 지경이야.
힘을 주어 높이 들어라.
얼싸 좋다 떵쿵이야.
마을 사랑 지어 놓고
천추만대 누려 가세.
에헤이야 지경이오.
얼싸 좋구나 지경이야.


**노래 끝날 즈음 떡다리가 바삐 등장.**


**떡다리**　　여보게들 내 말 좀 듣게. (일동 바라본다)
　　　　　큰일 생겼네. 큰일 생겼네.
**초랭이**　　뭐야 떡다리,
**떡다리**　　저… 저… 샌님댁에서 도령 밥을 지어 바쳤는데 신령이 울
　　　　　지 않았대. 방울이 울지를 않았어.
**초랭이**　　그거야 뻔한 일이지.
**떡다리**　　뻔하다니?
**초랭이**　　지경 닿는 우리들 먹으라고 그러는 거 아니야?
**마을 사람들**　에끼 이 사람!
**초랭이**　　아이고 말이 빠져서 이가 헛 나왔소.

| 이 매 | (몸을 비꼬면서) 나는 알지. |
|---|---|
| 떡다리 | 알긴 뭘 알아! 못난이가. |
| 이 매 | 어젯밤에 기생 데리고 잤지. |
| 초랭이 | 너 그게 정말이냐? |
| 이 매 | 내가 내가 데려왔지. |

마을 사람들 쑤군거린다. 뭔가 불길한 예감과 분노의 빛이 엇갈린다.

| 떡다리 | 벌을 받는 거지. |
|---|---|
| | 쌀을 주고 처녀를 사다가 |
| | 생과부를 만들고 |
| | 별신굿 시작했는데 |
| | 기생 데려다 잠자고 |
| | 동리도 망했어. |
| 초랭이 | 얼금씰쭉 못난 것이 잘난 체는 혼자 하고 개뿔도 못 본 것이 아는 체는 먼저 하고 쪽박도 못 찬 것이 있는 체는 혼자 하고 쓸개도 없는 것이 배꼽 자랑 혼자 하는구나. |
| | 이도 안 들어가는 호박 같은 소리 하지 말고 어서 지경이나 닿자. |
| 이 매 | 그건 이니까 못 들어가지. |
| | 너 같은 벼룩이면 들어갈걸? |
| 초랭이 | 너야말로 빈대 같은 소리만 하는구나. |
| 떡다리 | (한쪽을 보더니 질겁하며) 온다 와 다들 와. |

떡다리가 손짓하는 쪽에서 양반과 선비, 산주 나타난다.
산주의 표정 근심에 싸여 있다.

| | |
|---|---|
| **선 비** | (빈정거리며) 고얀지고, 샌님댁 밥은 기름이 잘잘 흐르는 구데기 쌀밥인데 그걸 어찌 안 받는고? |
| **이 매** | (선비에게) 그거야 구데기 같은 밥이니까 우리같이 천한 놈들이나 먹으라고 그러는 것입죠. |
| **양 반** | (웃으며) 복이 없는 자는 금덩이를 주어도 돌이라고 버린다네. |
| **초랭이** | (양반에게) 그럼 복 있는 사람은 구데기도 쌀밥인 줄 알고 먹겠군요? 그렇죠? 샌님? |
| **양 반** | 암 그렇지… (화를 내며) 뭣이 어째? |
| **초랭이** | (비는 척하며) 아니올습니다. (이매를 가리키며) 저 녀석이 흰 밥을 구데기라고 하니 말입니다. |
| **산 주** | 시끄러워. 천한 것들이 웬 말참견이냐. 너희들 할 일이나 해라. |

초랭이, 이매, 뒤로 물러 선다.

| | |
|---|---|
| **양 반** | 산주 영감. |
| **산 주** | 네. |
| **양 반** | 이제 어찌 하려는가? |
| **산 주** | 뭘 말입니까? |
| **양 반** | 방울이 울지 않아 밥을 들여보낼 수 없다는 것이 무얼 말하는지 알겠나? |
| **산 주** | (주저한다) 알고 있습니다. |
| **양 반** | (노기를 띠며) 알면서 그리 처리하는가? |
| **산 주** | 그것은 제 뜻이 아니라 서낭님의 뜻입니다. |
| **양 반** | 설사 서낭의 뜻이라 해도 마을에 질서가 깨지는 일임을 모 |

르는가?

**산 주**　마을 질서를 위해서 서낭님의 뜻에 따를 수밖에 없습니다.

**선 비**　산주 영감 질서라는 것은 상하 좌우 전후가 다 조화를 이루어야 질서가 유지되는 것. (빈정대듯이) 이 동리에 단 한 분이신 양반댁에 부정한 일이 있다고 마을에서 알게 되면 상하가 무너져서 마을은 잠깐 사이 수라장이 되고 말 것인네….

산주 무언가 결단을 내릴 것처럼 숨을 죽이고 있다. 이때 별채가 뒤쪽에서 나타난다.

**산 주**　우리 마을은 벌써부터 질서가 흩어져서 혼란에 빠져 있습니다. 뿐만 아니라 어린 총각이 저 장막 속에서 죽음의 위험을 안고 탈을 만들고 있습니다. (점차 흥분하기 시작한다) 한 사람의 목숨을 바치고 있습니다. 음식을 아무것이나 넣을 수 없습니다.

**별 채**　(앞으로 나서며) 죽음 같은 것은 없소. 이건 모두 조작이오.

모두들 별채를 본다.

**양 반**　무슨 뜻이야?

**별 채**　도령은 저 장막 안에 없어요.

**일 동**　뭣이?

**별 채**　허 도령을 제비원에서 만났소. 각시도 함께 있었소.

**산 주**　그럴 리가? 저 자가 미쳤어요.

**양 반**　어떻게 된 거요? 산주 영감.

**산 주**　(고집스럽게) 그럴 리가 없습니다.

　　　　　　　절대로… 그럴 리가.

**별　채**　절대로?… 조작이오.

　　　　　　　이 모든 짓은 샌님을 모함하는 음모올시다.

**마을 사람들**　저런… 못하는 말이 없구만.

**별　채**　(양반에게) 샌님이 못마땅해서 조작한 거지요, 안 그렇습니
　　　　　　　까? 며느리와 도령이 사랑을 하게 되고 동사가 타고 질병이
　　　　　　　돌고 샌님은 바람을 피우고 내가 산주라도 조작을 안 할 수
　　　　　　　없겠소. 산주의 입장에선 어쩌는 수도 없었겠지요.

　　　　　　　저 산주의 조작이오.

**산　주**　(흥분해서) 천벌을 받을 인간 같으니! (무릎을 꿇고) 서낭님 저
　　　　　　　자에게 벌을 내려 주소서.

**양　반**　(마을 사람들에게) 누구 장막 쪽에 가보고 오너라.

　　　　　　　여봐라 저 산주를 묶어서 당장 현청으로 보내라.


　　　　　　　마을 사람들, 움직이지 않는다.


**양　반**　뭣들 하고 있느냐!

　　　　　　　이놈들!

**주　인**　우리들은 산주의 말을 믿소.

**마을 사람들**　우리도 산주의 말을 믿소.

**주　인**　(별채를 가리키며) 저 자가 거짓말을 하는 거요.

　　　　　　　저 탈 깎는 소리를 들어 보시오. (탈 깎는 소리 가까이 들린다)

**별　채**　거짓말이 아니오!

　　　　　　　거짓말이 아니오!

　　　　　　　제비원에서 각시하고 도령을 만났소.

마을 사람들 별채에게 위협을 하며 따라간다.


별 채　(양반에게 매달려서) 샌님! 제 말을 믿어 주십시오. 도령을 제
　　　비원에서 정말 봤습니다.


탈 깎는 소리 점점 크게 빠르게 들린다.


마을사람들 이 마을에서 나가.

별 채　샌님 저 자들을 막아 주시오.
　　　만일 그렇게 하지 않으면 샌님의 비리와 부정을…
　　　낱낱이 현청에 사뢰겠소….
　　　뿐만 아니라 방방곡곡에 퍼뜨리겠소.


양반, 망설인다.


산 주　(명령조로) 저 자를 쫓아 주시오.


양반, 잠시 망설이다가 별채를 밀쳐 버린다.
주인, 별채의 덜미를 잡고 끌어낸다.


별 채　(끌려가며 소리친다) 나는 각시를 데려가려고 한 것뿐이야. 심
　　　각시를….

산 주　이제 샌님이 하실 일이 한 가지 더 남았습니다. 월내 각시를
　　　단단히 방에다 가두어 둬야 할 일입니다.

양 반　(실성한 사람처럼) 허허 이제 자네가 나한테 명령을 하는군.
　　　허허.

| 산 주 | 그 각시한테서 죽음의 냄새가 납니다. |
|---|---|
| | 도령을 구해야 합니다. |
| | 각시도 구해야 합니다. |
| | 죽음에서…. |
| 양 반 | (빈정거리듯) 도령이 죽는다고? |
| | 각시가 죽는다고? |

이때 북장단소리 들리며 주인 칼과 도끼를 들고 등장. 칼춤을 추며
들어온다. 별채를 죽인 것이다.
백정, 정의를 위한 싸움에서 승리한 병사가 승전무를 추는 듯.
양반은 겁에 질려서 무릎을 꿇고 만다.
산주는 죄책감에 얼굴이 일그러지고 역시 무릎을 꿇는다.
마을 사람들 백정과 어울려 광란한다.

| 주 인 | (춤을 다시 춘 뒤 자기 가슴을 뜯으며 괴로움을 못 이긴다) 이 가슴 |
|---|---|
| | 을 찢고 죄값을 치르겠소. |
| 마을 사람들 | (합창) 이 세상에 죄인이 없다면 |
| | 죄의 값을 모른다오. |
| | 이 세상에 죄인들만 있다 하면 |
| | 또한 죄의 값을 모른다오. |
| | 당신의 죄… |
| | 우리의 마음 비춰 주는 빛줄기 |
| | 검은 마음 씻어 주는 잿물이라오. |

합창 끝날 때 조명 바뀌고 산주 홀로 남고 다른 사람들 모두 퇴장
한다.

# 10장

장막 근처.

도령의 탈 깎는 소리 크게 들린다.

산주 나타난다. 탈 깎는 소리를 잠시 듣더니 약간 혼란에 빠진 듯이 보인다.

산주 병풍 앞으로 간다. 병풍이 열리고 탈을 깎는 허 도령의 모습이 나타난다.

산 주    (망설이다가 말을 건다) 여보게 도령!

도령, 일을 계속한다.

산 주    여보게 허 도령!

도령, 일을 멈춘다.

산 주    날세, 산주야.

도령, 다시 일을 시작한다.

산 주    탈은 잘 만들어지는가?
도 령    쉽지가 않아요. (보지 않고)
산 주    온 마을 사람들이 자네의 용기와 희생에 감복되어 일을 열심

히 하고 있고 남녀노소 주인과 종들이 합심해서 일을 하고
있네. 동사도 짓기 시작했네.

**도 령**   정말 다행스런 일이군요.

**산 주**   (의심스럽기도 하고 한편 대견스럽게 생각한다) 자네 어머닐 만나
고 싶지 않는가?

**도 령**   (사이) 아니오.

**산 주**   그래? (사이) 각시는?

도령, 가만히 생각을 하고 있다.

**산 주**   각시는 아주 곤란한 처지에 있어.

**도 령**   왜요?

**산 주**   자네를 위해서 제비원 미륵님한테 공을 들이고 있을 때 낯
선 자가 찾아갔다가 스님에게 봉변을 당하고 내려왔는데…
그 자가 앙심을 품고 이 동리 사람들에게 이상한 소문을 퍼
뜨렸네. 그래서 각시는 피투성이가 되도록 매를 맞고 기진
해 있다네.

**도 령**   무슨 소문인데요?

**산 주**   솔직히 대답해 주겠나?

**도 령**   무슨 얘긴데요?

**산 주**   얼마 전에 이 물도리동에 낯선 사람이 하나 들어왔네. 월내
심각시 친정 동네 사람이야. 그 자 말이 어느날 포장 속으로
들어가서 자네를 만났다고 하던데?
그리고 또 간밤에는 그 자가 제비원에서 자네를 보았다더군.

**도 령**   (사이) 그런 일 없습니다.

**산 주**   거짓말하면 안 되네. (약간 흥분하여) 나는 지금 어떻게 해야

할지 모르겠어! 자네가 죽든지 말든지 내버려 둬야 할지? (더 흥분해서) 차라리 내가 탈을 만들고 싶네. 지금이라도 자네 그 속에서 나와 버리게. 그리곤 아무도 몰래 마을을 떠나게. 어디에 간들 못 살겠나? 그 뒷일은 내가 책임을 지지. 난 나를 믿을 수가 없게 됐어.

도 령 산주님이 그런 말씀을 하시다니… (도전적으로) 전 서낭님의 내림으로 이 일을 하고 있지 않아요? 그래서 전 그 일을 충실히 해내려고 할 뿐이에요. 누구보다도 멋지게 만들 거예요.
산주님, 마을 사람들이 열심히 살고 있다고 하셨죠? 그 이유를 아세요? 그건 제가 이 속에 있기 때문이에요. 아니 제가 이 속에 있도록 산주님이 도와 주셨기 때문이에요. 산주님과 제가 내림대를 잡고 서약한 것을 깨뜨려서는 안 됩니다. 그것은 산주님과 저만이 한 약속이 아니고 마을 사람 전부와 서낭님께 한 약속이에요. 그 서약을 지켜야 해요. 저도 지키겠어요.


한참 사이.


산 주 자네 무섭지 않은가?
그 장막 속이? 그리고 죽음이?

도 령 아니오. 이 장막 속은 벌판처럼 넓고 한가해요. 그 테두리가 안 보일 만큼 너무 한가하여 탈을 안 만들 수가 없군요. (산주의 마음은 착잡하다. 죄의식마저 느끼는 듯하다)
그리고 산주님 (진지하게) 부탁이 있습니다. 제가 이 탈을 다 만들면 피리를 불겠습니다. 그 피리소리가 들리면 몰래 북쪽 포장을 들치고 들어오세요.

꼭 와주셔야 해요. 이 약속은 산주님과 저와 둘만의 약속이
어요.

도령 피리를 꺼내 분다. 이때 병풍이 도령을 가린다.

**도 령**　이 소리 들리시죠? (다시 분다)

산주는 피리소리를 들으며 착잡해 한다.

**산 주**　(노래) 내 임무 무엇인가.
　　　　괴로움 못 이기겠네.
　　　　내가 너라면
　　　　나도 너처럼 했을 것을
　　　　네가 나라면
　　　　너도 그럴 수밖에 없을 것을
　　　　우리는 누구나
　　　　하늘을 날으는 새처럼
　　　　자유로운 평화를 꿈꾸네.
　　　　마을의 행복 마을의 평화
　　　　그러나 사랑 없이는
　　　　사랑 없이는
　　　　이룰 수 없네.

산주 퇴장.

# 11장

다시 병풍이 걷히면 조명은 되도록 초현실적인 분위기를 자아낸다. 검정 옷의 배우 열한 사람이 하회 가면을 쓰고 들어와서 정좌하고 앉아 있다.

가면에 비치는 조명은 신비감을 조성해 준다.

그들의 자세는 득도의 경지에 이른 선승들같이 엄숙하고 초연하다.

중앙에 허 도령 입을 연다. 그의 말투는 다정한 친구에게 하듯 부드러우면서 상대가 신나게 해주고 어느 때는 엄한 훈장처럼 준엄하고 날카롭기도 하고 때로는 광기에 사로잡혀 광인과도 같은 면이 보인다. 이 장면에서의 허 도령은 백 일간 자기가 바쳤던 정열과, 죽음의 공포, 야망과 지극한 정성이 응축됐다가 일시에 폭발하는 듯 호소력 있는 연기를 해내야 한다.

도 령  (이매 가면에게 가서) 너를 마지막으로 내 작업은 모두 끝났다. 남은 일은 내 육신과 정신을 다 바쳐 너희들에게 생명과 영혼을 심어 주고 떠나는 일만 남았다. 너희들에게 내 숨결과 피를 갈라 주고 내 영감을 고루 심어 너희들을 탄생케 하였다.

너희들은 나의 친구요 내 가족이다.

우리는 이제부터 진정한 친구답게 대화를 해보자. 너희들은 각각 사람의 얼굴에 씌워져서 사람 앞에서 살게 될 거다. 지금은 한낱 나무 조각에 불과해. 너희들은 하나의 나무 조각품에 불과하지만 그것이 사람에 의해서 사람을 위해서 움직일 때 비로소 너희들은 생명을 갖게 되는 거야. 너희들은 별신굿에서 각자의 주인을 만나게 된다.

천리 준마가 전쟁터에 나가기 전 기다리듯 그런 위치에 있다. 싸움터에서 장수와 준마는 하나의 공동운명체이다.

따로 떨어져서 그 능력을 발휘할 수는 없지. 관중이 없는 탈이란 적이 없는 전쟁같이 맥빠지고 무의미해진다.

너희들은 적을 찾아야 된다. 관중도 적이고 너와 내가 서로 적으로 생각해야 한다.

그보다도 더 큰 적은 너희들 자신 속에 있는 적이니 그것을 잘 찾아봐라. 그리고 그 적을 사랑해야 해. 진정한 적은 진정한 친구가 될 수 있다.

**탈 들**   (합창) 진정한 적은 진정한 친구. 적을 미워하거나 두려워하는 자는 졸장부요 비겁자다. 적이 있으므로 너의 존재는 뚜렷해지는 거다. 상대가 크면 클수록 너는 커지는 거야.

**일 동**   (합창) 적이 크면 너도 커지는 것.

**도 령**   너희들의 무기는 빈정거리고 놀리는 것. 상대방도 신명나게 해줘. 야비해선 안돼. 친구처럼 봉사하고 꾸짖고 사랑해라.

**탈 들**   (합창) 야비해선 안 돼.

친구처럼

사랑해—.

**도 령**   과장을 해라. 그러나 뿌리는 정직한 뿌리를 내려라.

**탈 들**   (합창) 정직의 뿌리 정직의 뿌리.

**도 령**   이매 너는 선비의 하인. 넌 바보의 표본이다.

비뚤어진 코, 짝짝이 눈, 언챙이, 찍그러진 얼굴 바탕 어리석음, 병신스러움을 보고 많은 사람들이 웃을 거야.

사람들이 많이 웃을수록 너의 승리는 큰 승리. 웃음 속에 징

벌의 웃음 속에 자각이 있으니 너의 바보는 너의 무기.

이매 탈을 쓴 배우 이매의 몸짓을 한다.

도 령     얼쑤 좋지. 겉은 바보 같으나 바른 말을 해봐라. 그 얼마나
           유쾌하겠니?
           다음 부네.

부네 가면 앞으로 나선다.

도 령     넌 이쁘게 만들고 싶었다. 아름다운 꽃일수록 독이 있다지?
           너의 미모 너의 미소 교태 뒤에 추하고 수치스런 고달픔이
           깃들어 있어야 한다.
           맵시 있는 부네 걸음.

부네, 입에 손을 대고 교태를 부린다.

일 동     얼쑤 좋지.
도 령     다음 양반 나으리.

양반 가면 나선다.

도 령     넌 근엄하고 분별력 있고 용단이 있고 뭇사람들의 존경을 받
           아야 할 위인이다. 그런데 염치 분수 다 버리고 뭐가 좋아서
           그리 웃고 있느냐? 너의 역할은 그 웃음 때문에 관중들에게
           빈축과 모욕을 당하는 입장이 되어야 해.

용기가 필요하다. 양반 걸음 황새 걸음.

양반탈 거드렁 춤을 춘다.

도 령      선비.

선비 가면 나선다. 도령의 대사 점점 빨라진다.

도 령      너는 청렴결백 · 박식 · 덕망 · 극기 · 풍류 어디다 버리고 눈
           은 부릅뜨고 코는 벌렁코, 얼굴에 여유라곤 전혀 없느냐. 넌
           선비답지 않은 짓을 해서 사이비 선비들을 질책해라.

선비 거드럭거리고 춤을 춘다. 일동 얼쑤 좋지.

도 령      다음 중.

중 가면 나선다.

도 령      색즉시공 있는 것이 있는 것이 아니며 없는 것 또한 없는 것
           이 아니다. 너는 중답지 않은 모습과 행실을 함으로써 너를
           희생해야 하느니 스님들을 질책해라.

중, 춤을 잠깐 춘다.

도 령      다음 할미.

할미 가면 나선다.

도 령    자기의 불행도 모르는 채 체념 속에서 노후를 맞이한 할머니.
움푹 들어간 눈, 말라빠진 코, 탄력 없는 입술, 콜록거리는
가래침소리, 괴로운 생활의 금빛 훈장을 얼굴에 덕지덕지 달
았으니 울지 말아요. 주책이든 뭐 그런 짓을 해요. 이 탈놀음
이 울리는 것은 아니니까요.
춤을 춰요. 할멈!

할미, 덩실덩실 엉덩춤을 춘다.

도 령    다음 초랭이.

초랭이 가면 나온다.

도 령    다음 떡다리.
못난 놈이 잘난 체 모르는 것도 아는 체 사사건건 끼어들고
— 손님굿을 안 했느냐 얽은 얼굴을 쳐들고서— 분수에 맞게
살라는 교훈을 알려 주어라.
톡 불거진 두 눈으로 세상을 똑바로 봐라.
입은 비뚤어졌어도 말은 바른 말을 해야 돼.

떡다리 이리저리 다니며 싱거운 짓을 한다.

도 령    다음 별채.
인간 중에 가장 못난 것이 기생하는 인간이다. 제 배불리기

위해서 남의 물건에 값을 얹어 먹고 사는 자가 기생이다.
노름판에 개평 띠기
장사흥정 구전 먹기
어부지리 공돈 먹기
오직 할 짓이 없어 피땀 흘려 비치는 환재곡분을 제 입에 털어 넣는가?
겉은 희고 속은 검은 너 남의 돈으로 사는 자니 헤프기 그지없고 돈 떨어지면 망나니요, 돈 있을 땐 천하 한량. 너와 같은 놈들이 너를 보고 웃게 하라.
백정!

백정 가면 나선다.


**도 령** 죄진 자가 죄의식을 갖고 있지 못하면 정말 불행한 자다. 죄진 자가 자기 죄를 뉘우칠 길이 없고 자기의 고뇌를 나타낼 수 없다는 건 얼마나 불행하냐?
생명은 소중한 것 살생의 죄 막중하나니 죄의 무거움을 깨닫게 해. 너는 죄의식을 갖지 말라.

별채, 망나니 춤을 춘다.


**일 동** 얼쑤 좋지—.

**도 령** (기둥에 걸려 있는 **총각탈**을 꺼내 들고) 총각! 젊디젊은 것이 울 안에만 갇혀서 햇빛 못 본 화초마냥 여리기 한량없군.
지체 학식 자랑 마라. 젊었을 때는 잠잘 때도 눈을 뜨고 자야 한다. 눈 뜬 장님이란 말 듣지도 못했는가. 눈 크다고 잘 보고 귀 크다고 잘 듣는가. 기골만 장대하면 장수가 되는가?
행불행은 모두 자기가 만드는 것. 생각하기에 달렸지.

도 령     각시!

각시 가면 앞으로 나온다.

도 령     사뿐사뿐 각시 걸음.

각시 나온다.

도 령     너의 눈은 어찌 보면 부끄러운 듯, 한을 품은 듯, 굳게 다문
    입은 심한 내적 갈등을 갖고 있는가? 움직임은 조용하고, 우
    아하고 사랑스러워, 사람들을 매혹하는구나.
    (노래) 사랑, 사랑
    분칠한 얼굴같이
    온화하고 부드러운 사랑
    사랑, 내 사랑 바다같이 깊은 사랑
    송죽같이 굳은 사랑
    어머니같이 넓은 사랑
    귀여운 사랑 사랑 사아랑—.

도령의 가락에 맞추어 모든 가면들 춤을 춘다.
노래 끝나고 문득 생각난 듯 도령 피리를 가져와서 든다.

도 령     이제부터 신명이 다할 때까지 춤을 추자.
    우리들의 精과 氣가 다할 때까지. 그래서 나의 죽음이 너희

들 삶이 되도록….

피리 분다. 반주가 끼어들고 각기 자기 역의 춤을 춘다.
춤은 점점 흥겨워지고 신 내린 듯 고조된다.
허 도령 불던 피리를 치우고 도령 가면을 쓴다.
가면을 쓴 도령 탈들 속에 어울려 춤을 춘다.
각시와 같이 對舞한다.


# 12장


무대 한쪽에 동그라미 불빛 비치고 그 불빛 아래 나타난 각시의
모습. 머리는 흐트러지고 옷은 찢겨 있어 핏자국이 낭자하여 보기
에 처절하다.
그러나 눈은 영롱하고 입가에 미소가 어리어 있다.


각 시    (노래) 나의 사랑 님이여
         내 노래 들어 주오.
         뜨거운 우리들의 마음도
         이별의 슬픔만은
         견딜 수 없어라.
         모든 두려움과
         슬픔이 사라지고
         죽음의 공포도

물리친 그대여
나의 소중한 빛
나의 사랑 빛이여
그대 다시 만나리.


노래 끝나자 산주 나타난다.
음악 칼로 자르듯 끊기고 춤추던 가면들 제자리를 찾아 선다.
한동안의 정적 석고상 같은 가면들.
허 도령 산주와 마주 선다.
도령 가면을 서서히 벗는다.


도 령   (흥분을 가라앉히며) 이제 다 끝났습니다.

산 주   (의식적으로 도령을 외면하고 가면들을 둘러본다. 시간이 흐른다) 참
        훌륭하게 만들었군.
        살아 있는 것같이….

도 령   각시는 이 마을에 아직 있습니까?

산 주   밖에 와있네.

도 령   (약간 안도하며) 산주님을 오시라고 한 것은…실은 심각시를
        한번 만나보고 싶어서입니다.

산 주   (굳은 결의에 차서) 만나 보게. 사람 모습이 아니야.
        타동 사람에게 맞고 마을 사람들에게 살갗을 찢기면서도 이
        마을을 떠나지 않고 있네. 자네가 불러 봐. (명령하듯) 어서.


도령, 주저한다.


산 주   자네가 안 부르면 내가 부르겠어.

도령, 심각하게 생각한다.

산 주  소리쳐 부르라니까. (낮지만 위협적으로)

일은 다 끝났어.

이제 남은 일은 각시를 만나는 일이다.

그리고 나서 (사이)

죽어야 돼. 너는 안 믿겠지만, 그렇게 되어야 돼.

(난처해서) 이것은 내 뜻이 아니야.

(고통스럽게) 서낭님의 뜻이야. 이 마을을 위해서는 제물이 필요해.

난들 어쩌겠나.

나도 어쩔 수 없다니까.

도 령  (자존심이 상한 듯 강경한 어조로) 모든 것은 나의 뜻이에요. 나의 뜻.

난 피할 수도 있었고 안 할 수도 있었어요. 살려고 마음먹었으면 살 수도 있어요.

낯선 자가 왔을 때도….

제비원에 갔을 때도….

허지만 전 편한 길을 택하고 싶지 않았어요.

죽음을 걸어 놓고 일을 완성하고 싶었어요.

(기운이 빠진 듯) 지금 전 살아 있는 것 같지가 않아요. 죽은 것 같지고 않고 지금 난 아주 행복하고 자유스러워요. (허 도령 산주의 눈을 바라본다)

산주, 사명을 다해야겠다는 표정이다.

도령, 하늘로 천천히 시선을 돌린다. 뭔가 기억하듯 하더니 자기가 만든 가면들을 자세히 바라본다.

허 도령의 표정에 차츰 묘한 환희가 떠오른다.

노래를 시작한다.


도 령    (노래) 님이여! 사랑하는 님이여!

사랑이 바닷물처럼

행복이 바닷물처럼

넘쳐 흐르면

고마움도 아쉬움도 모르게 된다오.

약속을 잊어요.

테두리를 벗어나서 영원으로 영원으로

저 별나라 끝까지 날아가요!


도령 노래를 마치고 가면을 산주에게 정중히 바친다.

산주 허리춤에서 단검을 꺼낸다.

타악기의 거친 리듬과 함께 긴장된 순간 탈들이 산주 앞에 막아 선다.

도령을 호위하려는 듯 갑자기 병풍이 도령과 산주 탈들을 가린다.


소 리    도령, 도령. (절박하게 부르는 소리)


잠시 사이.


도령 피 흐르는 가슴을 손으로 쥐고 비틀거리며 병풍 뒤에서 나온 다. 행복한 듯.

| 도 령 | 나는 이제 완전한 자유의 몸이 됐어요. |
|---|---|
| | 나는 이제 장막에서 해방됐어요. |
| | 서낭님으로부터… 산주님으로부터…. |
| | 이 마을의 테두리로부터…. |
| | 아니 나를 둘러싸고 있는 온 누리의 테로부터…. |
| | 어머니의 태 속을 벗어나 보다 큰 테두리 속에 살았더니 |
| | 이제 그 테두리에서 벗어났소. |
| | 죽음의 테로부터… 죽음의 테로부터. (도령 그 자리에 엎어진다) |
| 각 시 | 도령! 도령! 도령! (연발하며 도령을 부축해서 앉힌다) |
| 도 령 | (겨우 입을 열며) 나는 이제 자유의 몸이 되었소. 이제 나를 둘러싼 '테두리' 같은 것이 없어졌소. 이제 비로소 모든 것이 존재하는 모든 것이 내 것이며 또한 내 것이 아님을 알았소. 내 목숨까지도 말이오. |
| 각 시 | 도령! 도령! |
| 도 령 | (만족해 하며) 우리는 헤어져야 할 것 같소. 잠깐 동안만 아주 잠깐만일 것이오. 잠깐, 잠깐 동안만 다녀오리다. |

각시의 손을 꼭 쥔 채 절명하자, 각시 도령의 시체를 힘있게 끌어안고 한참 동안 숨을 죽이고 있더니 갑자기 피를 토하듯 절규한다.

| 각 시 | 살인이오 살인! |
|---|---|
| | 사람이 죽었어요! (고통에 찬 표정 다물지 못하는 입) |

갑자기 징소리 바뀌고 마을 사람들 몰려 나와서 이 광경을 보고 전율한다.

**마을 사람들** "아니, 저 새댁이 저럴 수가… 사사람을 죽이다니."

"심각시 때문에 천벌이 내린 거야."

"저 여자를 끌어 내라."

"아니 저 여자가 화근이라니까."

등등의 소리. 남자 하나 각시에게 다가가서

**동네 여자** (소리친다) 영감! 손대지 말아요. 영감도 저렇게 죽으려고 그래요?

남자 주춤한다. 이때 마을 사람들 헤치고 산주와 양반 들어온다.
동네 사람들 경계하며 뒤로 물러난다.
산주 마을 사람들을 향해서 선다.

**각 시** (침통한 표정이지만 분명한 어조로 말한다) 오지 말아요.
도령은 제가 죽였어요. 제가 포장 속을 들여다보았기 때문에
도령이 죽은 것이에요. 이 죄 많은 여자를 죽여 주세요. 그래
서 함께 잠들게 해주세요.

이때 도령의 어머니 나타난다. 각시, 도령의 어머니를 보자 시체를
조용히 놓고 괴로움에 찬 얼굴로 비켜 선다.
얼굴을 두 손에 파묻으며 오열하는 심각시.

**어머니** 아가 네가 왜 이리 됐느냐? 무엇 때문에 하필 네가….
이렇게 이 어미에게 천벌이 내려진 거지. 조상의 앙화를 대
신 받은 거냐? (산주 다가오자) 산주님, 이 아이를 살려 줘요.

살려 내야 해요.

(마을 사람들에게) 당신들은 이 아이가 죽어가는데 그냥 보고
만 있단 말이오?

이 애는 정말 착한 아이였다우. (정신이 혼미해지는 듯) 제 어미
에게 자장가를 불러 주는 아이였다우.

(침묵)

(갑자기) 쉿! 조용히 해요.


어머니 노래를 부르기 시작한다.
노래는 전에 도령이 부르던 자장가.


**어머니**   (노래) 아가 아가 금동아가
        잘도 생긴 우리 아가
        샛별 같은 두 눈 속에
        금빛별이 잠드는구나.
        새근새근 잠이 들면
        별나라에 날아가서
        꽃구름 타고
        너울너울 춤을 추지.
        아가 아가 금동아가
        잘도 생긴 우리 아가 잘 자거라.


어머니 실성한 듯 노래 계속하고 산주 무거운 걸음으로 마을 사람
들 앞에 나와 선다.


**산 주**   도령은 마을을 위해 탈을 만들고 서낭님 곁으로 갔소.

도령의 죽음은 우리들 마음에 찌들어 붙은 죄의 때를 말끔히 씻어 주고 저 구름 속을 날아간 것이오… 도령은 지금 우리를 지켜 보고 있는 것이요, 듣고 있을 것이오.

저를 낳아 주신 어머니의 슬픔을.

저를 사모한 각시의 한마음 엉클어진 흐느낌을 그리고 숙연하게 마음속에서 속삭이는 우리들의 목소리, 저 탈들 속에 서린 숨결 흥겨운 가락을 듣고 있을 것이오.

이제 우리들의 동네분들…

도령에게 감사와 위로의 뜻을 표해야겠소.

온 정성과 신명을 다 바쳐 별신굿을 시작합시다.


이때 남자 하나가 '하회 별신굿'이라고 쓴 넓고 긴 베천기를 들고 들어와 허 도령을 가린다.

음울한 장송곡 합창이 들리다가 탈춤에 어울리는 신바람 나는 음악으로 바뀌고 '굿가락' 조명이 바뀌면 열두 사람 탈을 쓰고 탈역에 어울리는 춤을 춘다.

음악은 점차 빠른 가락으로 옮겨 가고 탈꾼들은 별신굿기를 가운데 두고 이 극이 시작될 때와 같이 자리를 잡고 조형적인 자세를 취한 채 정지한다.

음악이 고조될 때 천천히 막이 내린다.

## ■ 작가의 말

1972년 12월 24일.

나는 문화방송 옆 지금의 〈이따리아노〉 3층 사무실에서 연탄난로를 벗삼아 하회탈을 만들기 시작했다.

인형극에 등장할 인형을 만들다 좀 남은 종이떡(종이를 물에 불려서 풀로 짓이긴 것)을 가지고 주먹 크기의 탈을 빚기 시작한 것이다.

그것을 만들게 된 동기나 이유는 별로 뚜렷하지 않았다. 연말의 뒤숭숭하고, 허망하고, 무료한 심정을 한낱 종이떡을 만져서 형을 만들고, 난롯불에 말리고, 칼질하고, 샌드 페이퍼로 문지르면서 시간의 흐름을 잊어 보려고 했을 뿐이었다. 단 그 해의 마지막 날 밤까지는 완성해 보겠다고 다짐은 했었다.

그런데 너무 급히 만들어서 그런지, 재주가 없어서 그랬던지 마음에 드는 탈은 절반도 되지 못했다. 불만스러운 대로 손을 털어 버렸다. 「물도리동」을 극본으로 구상하기 시작한 것은 그때부터였다.

하회탈 제작자로 알려진 허 도령, 절묘한 조각 솜씨에 대해 더할 수 없을 만큼 존경했고, 그리고 나 자신의 무능을 통감하기도 했다. 창작이 아니고 모작을 하는 데도 제대로 되지 않기 때문이었다. 전설대로 신의 계시에 의해 탈을 만든 것이 틀림없다고 수긍할 수밖에 없었고, 그래서 점점 흥미를 갖기 시작했다. 더구나 도령과 그 마을 처녀 사이의 비련은 좋은 연극 소재일 수 있다고 생각하고 연출이 본업인 내가 언감생심 작품을 써보겠다고 작심한 것이다.

그러나 실제 300여 매의 원고지를 메꾸기까지는 너무나 오랜 기간이 걸렸다. 지난 해 봄이었으니 대략 1,200일쯤 걸린 셈이다. 초고는 마당극 형식으로 썼었는데 작년 가을, 초청공연(일본) 얘기가 있어서 일반적인 극장에서 올릴 수 있도록 형식을 바꾸면서 초고에 미진했던 부분을 대폭 개작, 수정하기를 막이 오르기 직전까지 했다. 그리고 문자로 표현이 부족한 것은 연출 과정에서 보완하기로 하는 등 얄팍한 자기 변명까지 하면서 지금에 이른 것이다.

작가나 연출자가 자기의 작품에 대해서 작품 외의 다른 수단으로 이러쿵 저러쿵 주석을 달고 해명하는 것은 유쾌한 일이 아님을 알고는 있으나, 물도리동에 한해서 양해를 구하지 않을 수 없어서 몇 마디 하게 된 것을 용서받고 싶다. 그 이유는 첫째, 연극 〈물도리동〉이 나 개인의 극본이나 한 개인의 연출 작품이라기보다는 창단 이래 4년 동안 추구해 온 독자적인 한국 연극을 모색, 정립한다는 극단 민예극장의 이념에 입각해서 만들어진 것이며, 둘째, 민족극 정립이라는 국가적 요망에 조금이나마 보탬이 되어 보고자 하는 작은 뜻이 맞는 몇 분과 극단 단원들의 열성, 창의성, 재능, 협력이 합쳐져서 이루어졌다는 것을 밝혀야 하겠고, 셋째로 불만스러운 대로 이 공연에 참가한 모든 사람들로서는 최선을 다한 정직한 수준 내지는 실력이라는 것을 고백해야겠다고, 넷째, 최연호 형의 무대장치, 정병호 교수의 안무, 안정의 형의 탈 제작, 김영동 씨의 작곡, 김숙자 씨의 무가 지도 등은 각기 분야마다 전문가로서의 독창성을 발휘했음을 밝혀 둬야겠다.

그리고 사족이지만 작품에 대해서도 국보에 관한 설화를 연극화한 것이기에 고증이나 근거를 캐묻는 이가 없지 않을 것 같아서 그 의구심을 덜기 위해 간략히 밝히면 다음과 같다.

이 작품은 하회탈 제작자로 알려진 허 도령 전설과, 현지에서 청취한 서낭설화(월내 마을에서 시집온 심씨 과부 서낭)와 하회 별신굿 탈놀이 내용

과 탈들의 역할, 그리고 탈들이 주는 느낌 등을 소재로 삼아 창작한 것
이며 연출면에서는 굿(巫儀)의 연극적 기능을 분석하고 실험하면서 우
리의 영원한 과제인 참된 죽음과 참된 삶, 그리고 참된 자유가 어떤 것
인가를 다면경(多面鏡)으로 살피면서 생각하고 느껴 보자는 것이다.

# 애오라지

## (여덟 거리)

제4회 대한민국 연극제 참가작품
손진책 연출
1980.10.16-22/세실극장

## 등장 인물

광대(배우 1을 겸함)
바보(배우 3을 겸함)
포수(배우 2를 겸함)
송이
털보
딸
할멈
웃머리
도깨비 1, 2

## 무대장치

이 연극에 나오는 지명들은 강원도 정선 지방에 있는 실제 이름이지만, 무대장치를
사실적으로 할 필요는 없다.

다만, 나룻배, 퇴락한 기와집, 물방앗간, 골짜기, 달밤, 퇴색한 단청, 머루다래 덩
굴, 절간, 동굴 등 우리나라 민화나 전설에 나오는 영상들을 종합적으로 암시해 줄
수 있는 장치면 되고, '애오라지집'만은 간판, 식탁, 의자, 식기를 실제 물건으로
사용해도 좋다.

## 음향 및 음악

효과 음향은 대개는 사실적 음향들을 사용하고, 특수한 경우에는 극 분위기에
맞게 과장 또는 추상화할 수도 있겠다.

음악 또한 대부분은 강원도 지방 민요의 음율을 원용하면서 그것을 변조 또는
교향화(交響化)하는 것이 좋겠다.

이 작품은 연극의 현장성과 공연예술의 특성을 살리면서 공연현장에서만 체
험할 수 있는 연극적 기능을 최대한 원용하는 것이 바람직하고 우리나라 고유
의 정서와 연극적 기질 또는 감각을 살리는 것이 중요하겠다.

# 첫째 거리

개막 시간이 되면, 중년 배우가 무대에 나와 관객들을 둘러보고 이야기를 시작한다.

**배우 1**  안녕하십니까? ○○극단의 ○○○입니다.

저는 이 연극에서 광대 노릇을 하고 싶어하는 떠돌이 거렁뱅이 역을 맡았습니다. 그 인물에 마땅한 성도 이름도 없어서 그냥 거식이라 부르기로 했습니다. 이번에는 거식이가 인사 드리겠습니다. (인사한다) 그리고 이 연극이 끝난 다음 집에 돌아가시다가 도깨비라도 만나시거든 잘 구슬러서 도깨비 감투나 도깨비 방망이라도 하나씩 얻으시기를 진심으로 바랍니다.

오늘날과 같은 과학시대에 도깨비 방망이가 당한 일이냐고 생각하시는 분이 계시겠지만, 옛날이나 지금이나 도깨비에게 덕을 보는 사람, 화를 입는 사람은 있게 마련입니다.

요즘은 낮도깨비도 있어서 대낮에 도깨비 방망이를 얻은 사람이 수없이 많이 있습니다. 다만, 지금 사람들은 옛 사람들과 달라서 금은보화, 재물을 얻고 난 다음, 그걸 밑천으로 삼아 더욱더 재산을 늘리려다가 그만, 스스로 패가망신하는 분들이 있다는 것뿐이죠.

요즘 세상에 도깨비가 어디 있느냐구요?… 있습니다.… 봤냐구요? (진지하게) 봤습니다. (사이) …여러분도 아시지 않습니까? 한동안 서울 강남지구에 많이 있었지요. 하룻밤 사이에 아파트가 하나씩 생기고 공장 하나가 불어나고 불과 몇 시간 사이에 땅이 수만, 수십만 평으로 늘어나고, 귀신을 능가하는 조화를 부리는 것, 그것이 도깨비장난이 아니라면 저는 도저히 이해가 안 갑니다. 그뿐입니까? 투기배라는 도깨비 사촌도 있고, 모리배라는 도깨비 외삼촌, 허깨비라는 오촌 당숙도 있고요. (씽긋 웃고) 특히, 요즘은 여자들이 도깨비를 만나서 횡재하는 수가 많다는 통계가 나와 있더군요. 도깨비란 녀석은 본래 음성적이고, 그 지능(I. Q)이 낮아 저능아에 가깝고 술과 여자, 춤과 노래를 좋아하며, 잘 놀아대고 화도 잘 내고, 심술맞고 변덕스럽고, 짓궂으면서 잘 속아넘어가고, 주었다 빼앗기, 쌓았다가 헐어 버리기, 제게 잘하는 사람에게는 보화를 물 퍼주듯, 요리조리 집을 옮기고 불장난에 명수요, 변장술이 능하고 여하튼 귀신도 사람도 할 수 없는 이상 야릇한 현상을 빚어내는 게 도깨비장난이란 것인데, 어떤 정신의학 박사께서는 도깨비의 격을 인격화시켜서 '음성적 다혈질 감각형'이라고 이름을 붙이더군요. (사이) 질문 있으면 받겠습니다. (강의를 마친 교수처럼 손수건을 꺼내 얼굴을 닦는다) 질문 없습니까?

**배우 2**  (객석에서 일어서며 진지하게) 여보시오. 지금 연극을 하는 거요, 장난을 하는 거요? 여기 온 사람들은 애오라지인지 오렌지인지 하는 연극 구경을 왔지 도깨비에 관한 강연을 들으러 온 것이 아니오. 연극 빨리 시작합시다.

**배우 1**  (배우 2를 가리키며) 저 사람 꼭 그 누굴 닮았는데… 그렇게 꼬치꼬치 따지는 사람치고 잘 되는 것 못 봤네. 도깨비가 제일 싫어하는 것이 따지는 거고, 바로 그걸 제일 귀찮아한다는 것을 알아야죠. 도깨비는 머리가 나빠서 하나에 하나를 보태면 하나도 되고 다섯도 되고, 열, 스물도 된다는 식이에요. 그러나 산술은 몰라도 제가 할 일을 척척, 척척척 해내거든요?

**배우 2**    (화가 나서) 당신, 도깨비 봤어?

**배우 1**    봤다.

**배우 2**    어떻게 생겼어?

**배우 1**    저 사람이 동강싸래기 밥만 먹었나 반말을 찍찍하게. (맞대꾸질로) 봤다. 그러니 어째? 어쩔 테야? 키는 크고 눈은 하나, 허어연 옷을 입었고 다리는 외다리더라. (싸울듯이) 어쩔 테야?

**배우 2**    정신병원에나 가봐.

**배우 1**    난 의료보험에 가입을 못 했으니 돈 좀 꾸어 주려므나.

**배우 2**    (더욱 화를 내며) 입장료 물러 주시오. 이 따위 연극 안 봐. 이건 인권 모독이오!

**배우 1**    (지지 않으며) 제작자! 저 사람 돈 줘서 돌려보내!

**관 객**    (점잖은 목소리로) 조용히 합시다. 싸우려거든 밖에 나가서 싸우시오.


이때 배우 3, 바보스런 몸짓으로 무대에 나오더니 배우 2를 보면서 싱글거린다.


**배우 3**    (배우 1에게) 똑같다. 헤헤.

**배우 1**    (그를 보며) 이 친구는 왜 이러지?


배우 3, 여전히 웃고 있다.

**배우 1**    (소리친다) 이봐!

배우 3, 계속 웃는다.

**배우 1**    이봐. 불난 집에 부채질하는 거야?
**배우 3**    똑같지 않아? 저 사람. (다시 웃는다)
**배우 1**    너야말로 정신병원에 가고 싶어? 아직 나설 때가 아니잖아!
**배우 2**    (끈덕지게 물고 늘어진다. 객석에서 일어나 무대로 올라가며) 이봐
        요. 지금 어느 시대인데 도깨비 운운하면서 시간을 보내고
        있느냐 말이오? (관객들에게) 소란스럽게 해서 미안합니다.
        실은 저도 이 연극에 출연하는 배우입니다. 이 친구 연극 시
        작하기 전에 잔소리를 하도 하기에, 여러분께서 내실 짜증
        을 제가 대신해서 증발시켜 드리려고 그래 봤습니다. 실은
        이 연극은 강원도 정선 지방에 아우라지라는 나루가 있는데
        그곳이 정선아리랑의 발상지라고도 합니다마는 확실한 것
        은 모르겠고 다만, (노래를 부른다) 아우라지 뱃사공아 배 좀
        건네 주게, 싸리골 오동백이 다 떨어진다. 떨어진 오동백은
        낙엽에나 쌓이지 잠시 잠깐 임 그리워 나는 못살겠네 이런
        가사로 보아서 '애오라지', '오로지'의 뜻이 아닌가 싶습니
        다만 어떻든 그 지방을 무대로 하여 벌어지는 도깨비 장난
        같은 연극입니다. (유창하게 서두를 끝내고) 이렇게 간단히 설
        명을 하면 될걸, 횡설수설, 뭣하는 짓이야? (관객에게) 여러분
        안 그렇습니까?

        사이.

**배우 1**      (배우 2를 흘겨 보다가) 북 치고 장고 치고 춤추고 소리하고 너 혼자 다 해먹어라!

**배우 2**      (애교를 떨면서) 미안해요. 어서 계속하시유!

**배우 1**      (배우 2의 얘기를 무시한 채 관객에게) 여하튼, 이 연극은 옛날에 내가 정선에 갔다가 직접 들은 얘긴데—.

**배우 3**      지금 연세가 몇이신데?

**배우 1**      (맥이 빠진다는 몸짓) 저것 봐! 저렇게 불신감을 가진 사람 투성이니 이 연극이 잘 되겠느냐 말야? 안 되겠어. (관객들에게) 지금부터 질서를 바로잡아야겠습니다. 우선 이 장내에서 불신풍조를 몰아냅시다.

제가 하는 대로 따라하실 것을 우선 약속합시다. 따르지 않으실 분은 퇴장해 주십시오.


선서식이라도 할 듯한 자세를 취한다.

이 역(배우 1)을 맡은 연기자는 만일의 경우를 대비해서 관객들을 통솔할 특별한 준비, 즉 임기응변이라든가 강력한 통솔력을 발휘할 준비가 되어 있어야 한다.


**배우 1**      (관객을 향해서) 선서.


관객들, 따라한다.


**배우 1**      위로는 하늘과… 아래로는 땅과… 그 사이에 인생들이 지켜보는 가운데 우리는… 이 연극이 끝날 때까지만이라도… 도깨비가 있다는 것을… 굳게 믿는 바입니다…. (한숨을 내쉬며) 감사합니다. 아이고 힘들어!

자 그러면 우선 노래 공부부터 시작하겠습니다. 지도는 (배우 3를 가리키며) 여기 도깨비 같은 친구가 담당하겠습니다. 이 친구는 이 연극에서 아우라지 나루 뱃사공인데, 좀 전에도 보셨겠지만, …좀 모자란다고나 할까요? 부탁합니다.

**배우 3**  (바보 웃음을 짓고 나서) 여러분 정선아리랑이라는 것 들어 보셨지요?

제가 선창을 할 테니 따라 불러 보세요.

(노래) 아리랑 아리랑 아라리요.

아리랑 고개 고개로 날 넘겨 주소. (몇 번 되풀이해서 따라 부르게 한다)

잘들 하십니다. (배우 3에게) 자 그럼 시작합시다.

**배우 1**  여기는 강원도 정선 조양강 아우라지 나루입니다.


배우 3은 무대 옆으로 가서 미리 준비된 바퀴 달린 밀판(슬라이딩)에 올라 타고 앉아서 노래를 부르고 있다.



# 둘째 거리



조명 서서히 강가 달밤으로 바뀐다.


**바 보**  (노래) 아리랑 아리랑 아라리요.

아리랑 고개 고개로 날 넘겨 주소.

거식이와 포수, 각기 자기 역에 맞는 차림을 하고 건너편 무대에 대기한다. 거식이는 남루한 걸인 차림, 포수는 어깨에 총을 멘 사냥꾼 차림.

**거 식**    (노래) 아우라지 뱃사공아 배 좀 건너 주게. 싸리골 오동백이 다 떨어진다. 떨어진 오동백은 낙엽에나 쌓이지, 잠시 잠깐 임 그리워 나는 못살겠네.

후렴하는 동안 바보는 삿대로 밀판을 밀면서 배 부리는 시늉으로 무대를 건너간다. 거식이 포수 배에 탄다.
포수는 한쪽 다리를 약간 전다. 바보, 되돌아가며 노래를 부른다.

**바 보**    네 신세나 내 팔자나 고대광실 높은 집에 화문단교 보를 깔고 원앙금침 잣베개 훨훨 벗고 잠자기는 애초에 영 글렀으니 오다 가다 석침단금에 노중상봉이나 할까.

후렴이 끝날 즈음 배 멈춘다.

**바 보**    자 다 불렀다. 내려!
**거 식**    다 건너왔지. 뭘 다 불렀어?
**바 보**    노래 다 불렀다.
**거 식**    이런 녀석에게 목숨을 맡기고 강을 건너왔으니.

세 사람 내린다.
바보는 밀판을 치운다.

거 식    (포수에게) 이 고장에 사시우?

포 수    아니오!

거 식    우리 함께 목숨 걸고 강을 건너온 처지니 인사나 합시다. 난 거시키라고 합니다.

포 수    (까다롭게 군다) 누굴 놀리는 거요?
        거시키가 뭡니까?

거 식    내 이름이 개똥이라 하면 알아볼 거요? 뭐식이라면 알 거요? 이름이 없다고 하기가 뭐식하니까 거시키라고 하는 거죠.

포 수    (약간 불리한 듯) 나는 황 포수올시다.

거 식    쉬운 말로 해서, 사냥꾼 황가란 말씀이렸다.

포 수    황씨라고 하시오. 황 정승 자손을 몰라보구!

거 식    그럼 아주 포수 황 정승이라고 하면 어떻소?

포 수    그 주둥아리에다 총알 물리기 전에 말 조심해요.

거 식    웬걸, 총알이 여간 비싼 것이 아닐 텐데 제 입에까지 들어갈 것이 있겠습니까?

포 수    (말로는 당하기가 어려움을 깨닫고) 이곳 사람이오?

거 식    그렇다고 할 수도 있죠.

포 수    수숫잎만 삶아 먹었나 비꼬이긴—.
        할 수도 있다니?

거 식    하늘과 구름이 내 이불이오. 세상천지 바위가 모두 내 베개이니 고향이 따로 있겠소? 이 고장에 광대골이라는 곳이 있다기에 거기서나 살까 하고 찾아오는 길이라오. 떠돌이 생활도 지겹고 광대 팔자니 광대들끼리 모여서 산수 벗하며 살아 볼 참이오. 그래 댁은 호랑이라도 잡으러 오시는 게요?

포 수    (결의를 보이며) 맞았소! 호랑이 그 원수 같은 호랑이를 꼭 잡고야 말겠소. 내 형님을 물어 간 호랑이를…. 난 그 호랑이

잡느라고 약혼녀까지 잃었소이다. 하지만 후회는 안 하오. 다시는 이 땅에 나 같은 불행한 동생이나 부모나 자식이 없게 하기 위해서 호랑이를 잡는 것이오.

**거 식**  그래 지금껏 몇 마리나 잡으셨소?

**포 수**  한 마리를 잡을 뻔했는데 피차에 부상만 당하고 말았소. 그 놈은 다리에 총을 맞고 달아났고 나는 바위 밑으로 굴러떨어져 다리를 다쳤고… (총을 소중히 만지며) 이것이 아니었으면 난 벌써 고태골로 갔을 거요. (두 사람 잠시 말이 없다. 삑— 삑— 물새 스쳐 지나가는 소리)

**거 식**  (한참 만에) 그런데 어디서 하룻밤을 깃든다? 강을 건너오긴 했지만 마을이 어디 있는 줄 알아야지. (둘러보며) 이 바보 같은 사공 아이는 어데 갔지?

이때, 막 뒤에서 갑자기 바보의 장난기 서린 웃음소리, 두 사람 소스라쳐 놀란다.

**거 식**  아이 깜짝이야.

포수는 날쌔게 총을 거머쥔다.

**거 식**  어디 갔었나?

바보, 웃기만 한다.

**거 식**  자네 몇 살인가?

바보, 양손을 폈다 접었다 한다.

**거 식**    스무 살?

바보, 같은 짓을 열 번쯤 한다.

**거 식**    이백 살?
**포 수**    모자라는 아인가 보군—.
**거 식**    너 배샀 안 받냐?
**바 보**    나 돈 많이 있다. 나 금도 있다.
**거 식**    네 이름이 뭐냐?
**바 보**    (낄낄거리며) 도끼, 대포, 펑!
         비행기 (갑자기 큰소리로) 나 도깨비다!
**거 식**    내가 이름을 하나 지어 주지.
         내 이름이 거식이니까 넌 머식이라고 하자! 좋지? 머식아.
**바 보**    머식이 뭐야?
**거 식**    이름이 없으면 거식하니까 그냥 머식이라고 하잔 말야.
**바 보**    (좋아하며) 머식이 좋아.
**거 식**    애 머식아. 너 광대골 아니?

바보, 끄덕.

**거 식**    내일 아침에 나를 그곳에 데려다 줄 수 있겠냐?
**바 보**    광대골에는 사람 못 가. 나밖에는 못 가.
**거 식**    왜?
**바 보**    거기 가면 죽어!

| 포 수 | (호기심에 차서) 호랑이가 나오냐? |
|---|---|
| 바 보 | 귀신, 산신할멈, 도깨비도 있고 호랑이, 용, 뱀 뭐든지 다 있어. 나쁜 사람은 못 가. 바보는 괜찮아. |
| 거 식 | (크게 실망한다) 나는 광대들이 사는 곳인 줄 알았더니, 꿈은 깨어지고 그건 그렇고… 머식아 뭘 좀 먹게 해다오! 이름도 지어 줬으니까—응. |
| 바 보 | (눈치를 채고) 애오라지집으로 가. 나를 따라와! |

바보, 건드렁거리며 나간다. 포수 그를 따라 퇴장.


# 셋째 거리


**배우 1**  광대와 포수는 바보 아이를 따라갔습니다. 강가를 벗어나 옥수수밭 사이길을 뚫고, 으시시한 밤길을 걸으면서, 그 바보 같은 아이의 도깨비, 귀신 얘기를 들으며 걷는 것입니다. 강 옆 절벽 밑을 굽이돌아 드니 한곳에 작은 불빛이 있었습니다. 그곳이 주막이라는 거예요. 그 주막에는 송이라는 예쁜 과부가 있는데 미인박복이란 말이 있듯 그 여인도 팔자가 기구하여, 나이 어려서 역마살이 있는 낭군에게 시집가서 칠년이나 생과부 노릇을 하는 여인인데, 애오라지 그 님만 기다리고 있다는 겁니다. 본래 정선 지방은 산이 깊고 골이 많아 갖가지 전설과 괴이한 사건들이 자주 일어나는 곳이라 뜬소문 헛소문에 도깨비장난 같은 일이 많았던 모양입니다.

이제 '애오라지집'으로 가보겠습니다.

배우 1이 이야기하는 동안 '애오라지집'이라는 술집 간판이 무대 천정에서 내려오고, 몇 개의 의자가 연기자들에 의해서 운반된다. 호롱불을 든 송이 노래하며 나타나면 무대 밝아져 주막 안 분위기를 나타낸다. 남루하고 험상궂게 생긴 털보와 병든 새끼 짐승을 연상케 하는 그의 딸이 한 구석 자리에 앉아 있는데 털보는 술을 마시고 그의 딸은 침을 삼키며 지켜보고 있다. 송이 아련하고 구성지게 노래한다.

**송 이**   (노래) 녹음방초는 연년이 오건마는 한번 가신 우리 님은 왜 아니 오시나. 짝이 없는 기러기는 조양강으로 돌고요. 님이 없는 이내 몸은 빈 방 안에서 돈다.
(후렴)

털보는 노래하는 송이를 탐욕스럽게 보고 있다.
딸은 배가 몹시 고픈 듯 털보의 눈치를 살피며 밥그릇을 훔쳐보곤 한다.

**털 보**   (송이에게) 이봐! 송이 술 한 되 더 가져와! (딸에게) 그리고 넌 먼저 올라가 자!

**딸**   (몹시 더듬는 말투로) 나… 무… 서워… 아부지하고… 같이… 갈게….

**털 보**   난 술 한잔 더 먹고 갈 테니까 너 먼저 가란 말이야!

**딸**   (겁먹은 눈을 하고 머리를 저으며) 아아… 안 가!

**털 보**   (눈을 부라리며) 너 애비 말 안 들을 게야? 주먹다짐하기 전에 어서 가!

딸 눈치를 보면서 더 구석 쪽으로 물러나 웅크린다.

**송 이**   (술주전자를 들고 오며) 빨리 들고 같이 가세요. 주인 오면 내가
곤란해요.

털보 주전자를 놓고 돌아 서는 송이의 한쪽 손목을 덥썩 잡는다.

**송 이**   (손을 빼려고 애쓰며) 왜 이러세요?

**털 보**   돈 안 줄까 봐 그래? (바닥에 놓았던 뱀자루를 치켜 들며) 이게
다 돈덩어리야. 내일, 장에만 갔다 오면 외상값이 문제가 아
냐. 송이 옷감도 한 벌 끊어 올 거란 말이야.

**송 이**   (겨우 뿌리치며) 아이 징그러워!

**털 보**   징그러워? (음흉하게 웃으며) 뱀이나 잡는 땅꾼으로 알고 지금
네가 나를 피하는데— 이래 봬도 옛날에는 이름있는 금쟁이
었단 말이야. 노다지를 찾으려고 내가 이 짓을 하는 거지 땅
꾼이 아니란 말야. 노다지만 만났다 하면… 그때 너는 정승
부인 부럽지 않게 된다는 것을 알아야지… 자 송이 이리 와
서 술 한잔 따라!

**송 이**   나를 막 굴러 먹는 술집 계집으로 보지 마세요. 나도 버젓한
집의 딸이요 남편 있는 몸이에요. 남편 기다리면서 먹고 살
려고 이러고 있는 거예요.

**털 보**   저 싫다고 떠난 사람 기다린들 소용 있나? …난리만 일어나
지 않았다면, 나도 큰 부자가 돼서 너 같은 것은 거들떠보지
도 않을 텐데… 난리통에 금줄기를 묻어 놓은 채 들어가지도

못하고 이 모양이 됐으니. (술을 벌컥벌컥 마신다)

송 이 　우리 친정집에는 옛날에 금송아지가 있었대요. 천 년 묵은….

털 보 　실은 금이야. 지금도 가지고 있지만, (은밀하게) 소문 알고 있지?

　　　보검 말이야! 실은 나는 지금 뱀을 잡기 위해 이러고 다니는 게 아니고, 그 보검을 찾으려는 게란 말이야. 옛날에 어느 왕손이 이곳까지 감추어 가지고 왔다가 죽었다는 그 보검 말이야.

송 이 　보검은 나중이고 금이 있다고 하셨으니 그걸로 술값이나 되는지 한번 보여나 주세요!

털 보 　송이가 진짜 금이 어떻게 생겼으니 볼 줄이나 알까 헤헤.

송 이 　(생글거리며) 그러면서 누런 돌덩이를 내놓고 금이라고 하실려구? 안 속아요.


　　　털보 주위를 둘러보더니 속옷을 뒤적거리며 무언가를 찾는다.
　　　밖에서 인기척소리. 털보, 경계하며 찾는 것을 그만둔다.
　　　강가에 있던 세 사람 이야기를 하며 들어온다.


거 식 　(재미있어 하며) 그러니까 도깨비가 네 친구란 말이지?


　　　바보, 히히대며 끄덕.


송 이 　(상냥하게) 어서들 오세요. 바보야 네가 웬일로 이 밤중에 손님을 두 분씩이나 모시고 오니? (손님에게) 앉으세요. 뭘 올릴갑쇼?

**거 식** 이쁘다. 초고추장 찍어서 한 입에 꿀꺽 했으면 좋겠다.

**송 이** 잉어회를 해드릴까요?

**거 식** 아니 아냐. 우리는 배가 고프네!
자네를 보니 술 생각이 난다 그 말이지.

**송 이** 우리 집은 밥집이 아니에요.

**바 보** 아리라 공주님, 이 사람들 나쁜 사람 아냐. 밥도 주고 떡도
줘. (바보는 송이를 아리라에서 온 공주로 알고 있다. 거식이에게)
저 각시는 공주야, 이 담에 왕자가 와서 데려간데—.

**거 식** 누가 그러든?

**바 보** 광대골 산신할머니가—.

**송 이** (바보에게) 싱거운 소리 하지 말아!
돈부터 보여 주셔야 술이고 밥이고 드리겠어요.

**거 식** 돈?


포수는 아까부터 송이 얼굴을 뚫어져라 보고 있고, 털보는 새로운
침입자들에게 신경을 쓰고 있다.
딸은 오히려 마음을 놓는 듯싶다.


**거 식** 돈보다 내가 비싼 소리 한 자락 하면 안 되겠나?

**송 이** 이 집이 내 집이고, 여기 있는 음식이 모두 내 것이라면 나도
다 드리고 싶어요. 하지만 내 것이 아닌 걸요? 손님들은 한
끼 먹고 휙 떠나면 그만이지만, 그것이 내게는 오랏줄 한 바
퀴 더 감기는 꼴이 되니 답답하죠.

**거 식** 그런 오랏줄이라면 나도 함께 묶이면 어떻소? 그래서 둘이
서 평생 이별 없이 살면 얼마나 좋겠소. 그렇게 혼자 지내자
니 오죽 한이 많겠소. (목을 가다듬어 소리를 뽑아 낸다)

세파에 시달린 몸 만사에 뜻이 없어. 홀연히 다 떨치고 청산을 의지하여 지향 없이 가노라니. 풍광은 예와 달라 만물이 소연한데, 해 저무는 저녁노을 무심히 바라보며 옛일을 추억하고 시름없이 있노라니, 눈앞에 온갖 것이 모두 다 시름뿐이구나.

어때요? 밥값이 되겠소?

**송 이** 너무 서러워 못쓰겠소.

**바 보** 이 아저씨는 거식이 광대야… 힛힛….

**거 식** 그럼 이건 어떻소.

정선 읍내 물나들이 허풍선이 궁글대는 주야장천 물거품을 안고 비빙글 배뱅글 도는데 우리 님은 어딜 가서 나를 안고 돌 줄 왜 몰라.

**송 이** 아무리 그래도 소용없어요, 돈을 내세요.

**포 수** (화가 났다) 나는 호랑이를 잡다가 다리를 다친 사람이야! 너희 같은 백성들의 목숨을 지켜 주기 위해 가족, 친척, 친구들을 떠나 일심으로 호랑이 잡는 데 목숨을 건 사람이란 말야. 그까짓 밥 한 그릇 때문에 이렇게 거지 취급을 받는 것은 용서할 수 없어!

**송 이** (지지 않고) 누가 거지 취급을 했단 말이에요? 당신들 스스로 거지 행세를 하는 거지. (신경질적으로) 술도 없고 밥도 없어요! 난 의리도 없고 사랑도 없어요.

다들 나가세요. (감정을 누르지 못하고 울고 만다)

**털 보** (나서며) 보자보자 하니 눈꼴사나워 못 견디겠군. (위압적으로) 왜 연약한 여자를 괴롭혀, 돈 없으면 나가—.

**송 이** (털보에게 쏘아 붙인다) 털보 아저씨도 나무랄 자격이 없어요. 다 똑같아요.

**털 보**  나는 달라, 저런 뜨내기들하고는 달라. 자 아까 보여 주려던 금을 보여 줄게.

금이란 말에 거식이와 포수는 정신이 번쩍 드는 듯. 털보 속옷에서 헝겊에 꼬기꼬기 곰살궂게 싼 밤톨만한 광석을 꺼낸다.

**털 보**  자 이것이 금이란 말야!
**송 이**  그게 돌이지 무슨 금이에요.
**털 보**  복 없는 놈은 옥을 줘도 차돌이라고 버리는 법이지.

바보는 낄낄거리며 구석에 있는 딸에게 간다.

**거 식**  (소리조로) 금은 옛날 초한 적 육출기계 진평이가 범아부를 잡으려고 황금사만을 흩었으니 금이 어찌 있으리까마는, (대사로) 어디 좀 봅시다. (손을 내밀며) 내가 보면 알지.
**털 보**  그래? (돌을 거식이 눈앞에 내밀며) 자 봐라 잘 보고서 내 대신 얘기 좀 해주게―!

거식이 느닷없이 털보의 돌 쥔 손을 끌어당겨 제 이빨로 돌을 깨문다.

**털 보**  (놀라서) 이거 왜 이래?

거식 돌을 씹어 보더니 꿀꺽 넘긴다.

**털 보**  이놈아 내 금 내놔! 빨리 토해 놓지 못해? 안 내놓으면 배를

가르겠어. (칼을 꺼낸다)

**거 식**  (큰소리로) 금일세, 금이야… 배 가를 것까지 있나? 내일 아침 뒤를 볼 때 지키고 앉았으면 될 것 아냐?

**털 보**  이런 얌통머리 없는 놈 봤나.

**송 이**  그게 정말 금은 금이에요?

**털 보**  금이고 말고….

**바 보**  (웃으며) 저건 내가 준 건데….

**일 동**  뭐라구?

**바 보**  나 그런 것 또 있다. (주머니에서 꺼내며) 이것 봐. (딸에게 보여 준다) 나 이런 것 많이 있다.

**거 식**  (의아해 하며) 어디 보자, 머식아 금인지 아닌지 내가 봐줄게. (조심스레 돌을 뺏어서 재빨리 자기 이로 깨문다. 그러더니 금시 돌을 씹었을 때처럼 상을 찡그린다)

**송 이**  (깔깔대며) 저 바보한테 속았군.

**바 보**  거짓말 아냐. (털보를 가리키며) 저것도 내가 준 거야! 그지? 아리라 공주님.

**포 수**  (믿지 않으며) 세상 참 우습지도 않지. 똑똑한 사람이 바보한 테 속다니, 금이라면 환장을 하거든. 환장한 다음에야 금인 지 돌인지 분간도 못하고, 그저 누리끼리한 것만 보아도 미 친단 말이야.
여보시오 거식이 광대 씨, 이나 다치지 않았소? 자살이야, 자살.

**거 식**  (이윽고) 금은 금이야!


모두 다시 놀란다.

| 송 이 | 정말이에요? |
|---|---|

일동 바보에게 시선이 집중된다. 바보는 싱글벙글 웃고 있다.

| 털 보 | 그것도 정말 금이야, 실은 이것도 저 애한테서 얻은 거니까. |
|---|---|
| 거 식 | (바보에게) 너 어디서 이런 걸 주웠냐? |
| 바 보 | 도깨비가 주었어. 광대골 아래 있는 내 친구 도깨비. 힛힛. |
| 거 식 | (송이에게) 자 우리의 인솔자가 금덩이를 가졌으니 안심하고 음식을 내놔도 되겠군. 우리의 위대한 부자 머식이 만세—. |
| 포 수 | 난 지금 도깨비에 홀린 기분이야. 아까부터 저 애가 도깨비 얘기를 자주 하는 게 수상해. 필시 무슨 계략이 있거나, 아니면 우리가 놀림을 당하고 있는 게 틀림없어. (송이에게) 이봐요, 저 애 친구 중에 도깨비란 별명을 가진 사람 있소? |
| 송 이 | (음식 준비를 하며) 저 애는 친구라고는 없어요. 나룻배나 부리면서 물고기를 잡아 이 집 저 집에 나눠 주고 세 끼니를 이어 가는 애니까요. 지난 난리 때 어머니를 잃고 놀라서 저렇게 됐다는 거예요. 불쌍한 애죠. 그러나 아주 착한 애예요. |
| 포 수 | 하지만 저런 바보애가 금이 들어 있는 광석을 갖고 있다는 것이 이상하지 않느냐 말이에요. 도깨비 친구라니? |
| 거 식 | (막걸리잔을 기울이며) 이상할 게 뭐 있어? 금이야 땅에서 나는 거니까 누구도 가질 수 있는 거지. 허지만 문제는 그것을 어디서 어떻게 얻었느냐가 문제지…. |
| 바 보 | (답답하다는 듯) 광대골 도깨비가 줬어, 정말이야. |
| 송 이 | 저 애는 거짓말을 안 해요. 이 고장에 광대골이 있어요. 저 애는 가끔 도깨비 준다고 메밀묵을 쑤어 달라고 해서 가끔 쑤어 줬어요. |

거 식   메밀묵?

바 보   도깨비는 메밀묵 잘 먹어.

거 식   머식아! 메밀묵을 주면 저런 돌을 준단 말이지?

바 보   아냐, 돌팔매 장난을 해. 내가 지면 이런 돌멩이를 내 입에 집어넣어.

거 식   머식아, 그 도깨비 있는 데가 어디야?

바 보   광대골, 물방앗간!

거 식   (송이에게) 광대골이 여기서 먼가?

송 이   한 50리쯤 된다나 봐요.

거 식   (뜻밖이라는 듯) 오십 리나 돼?

송 이   도깨비들이 바빠지겠는걸. (의미 있게 웃는다)

거 식   머식아, 가자. 물방앗간으로 가자!

바 보   (끄덕하고) 공주님, 메밀묵!

송 이   알았어. 여러분도 같이 가보세요!
       저 애하고 하룻밤 같이 지내면서 얘기를 듣는 것도 재미있을 거예요.

거 식   자, 떠납시다. 도깨비를 만나 봅시다.


조명 약간 어두워지면서 간판, 소도구들이 치워지고, 배우 1이 얘기하는 동안 물방앗간으로 바뀐다.


배우 1   지금 생각하면 어처구니없는 짓이었다고 생각되지만 그때는 모두들 너무나 진지했고 순수했고 그리고 절실했던 모양입니다. 그들은 바보를 따라 도깨비집이라고 하는 퇴락한 물방앗간으로 갔다나요? 그곳은 이미 오래 전에 그 기능을 잃은 물방앗간이어서 물수레도 형체만 남아 있고 나무는 삭

아 있고 이끼가 끼어 있으며 물도랑도 손보지 않아서 사방으로 새어 나가 물수레 위로는 간간히 몇 방울씩 떨어지고 그 주변에도 잡초가 우거져 있고 방앗간 출입문은 누군가가 땔감으로 가져다 땠거나 아니면 천렵꾼들이 뜯어다가 된장, 풋고추, 마늘을 듬뿍 넣고 살치 쏘가리탕을 끓여 먹었는지 흔적이 없습니다. 다람쥐와 새들이 낯선 침입자들을 보고 놀라서 소동을 벌이는 곰팡이 냄새 사람의 몸에서 내놓은 것이 썩는 냄새가 나는 물방앗간으로 들어갔습니다.


# 넷째 거리


물방앗간의 일부가 무대에 나타난다. 맹꽁이와 개구리 소리.
거식이, 머식이, 포수, 메밀묵 그릇을 놓고 도깨비를 기다린다.


**거 식** 이렇게 앉아 있으면 도깨비가 와서 메밀묵을 먹는단 말이지?

**바 보** 응!

**거 식** 우리가 이렇게 앉아 있어도 되나?

**바 보** 도깨비가 오면 숨어야 돼!

**포 수** 도깨비는 요물이라는데 우리가 숨어 있다고 모르나?

**바 보** 도깨비는 그런 거 몰라. 자기를 해치려고만 안 하면 금방 친구가 될 수 있어.

**거 식** 도깨비 나오너라 도깨비 어서 오너라 하고 부르면 안 되나?

| | |
|---|---|
| **바 보** | (낄낄대며) 그러면 안 와. 오지 말라고 그러면 와! |
| **포 수** | 이거 아무래도 애한테 속은 것 아닐까요? |
| **거 식** | 그런 소리 하다가 나중에 도깨비한테 혼나면 어쩔려구 그래? |
| **포 수** | 언제까지 기다려야 하는 거야? |
| **바 보** | 내가 노래를 부르면 와. 자! 부를게. |
| | (노래) 밍경밍경 밍도령아 아도산 메밀 갈자 메밀밭에 올라가니 대는 동동 붉은 대요 꽃은 동동 흰 꽃이요 열매 동동 모난 열매 드는 낫으로 얼음 설설 서리어서 단단히 묶어다가 바리바리 실어다가 도리깨로 비락마저 싸리비로 날불리어 앞 냇물에 배를 띄워 도리쪽박 건져다가 절구에 넣어 놓고 방아깽이로 벼락 맞혀 채로 쳐 허드리면 분 같은 눈이 오네. 분 같은 메밀가루를 물을 붓고 체에 밭쳐 걸러 알맞게 불을 때며 어렁시렁 저어서 익힌 뒤에 그릇마다 부어서 깊은 샘 찬물에 잠시잠깐 식히면은 살강살강 미끈미끈 메밀묵이 된다네. |

이때 바람소리.

| | |
|---|---|
| **거 식** | (갑자기) 쉬— 온다 와. |
| **거 식** | 어디? |
| **바 보** | (한쪽을 가리키며) 저기… 저기 불이 보이지? 이리로 오고 있잖아. |
| **포 수** | 저건 자동차불 아냐? |
| **거 식** | 뭐 자동차불? 소리가 안 나는데…. |
| **포 수** | (사이) 누가 등불을 들고 오나? |

| 바 보 | 도깨비야 숨어. |
|---|---|
| 거 식 | 어디로 숨지? 야 머식아 어떻게 숨어야 해? |
| 바 보 | 그냥 숨어 있어. 나는 저쪽에 숨을 거야. (각자 흩어져 숨는다) |

도깨비들이 들어온다.

| 도깨비 1 | 오랜만에 메밀묵 맛을 보는구나. |
|---|---|
| 도깨비 2 | 우두머리님 오시기 전에 잔치 자리를 만들어야지. |
| 도깨비 1 | 알았어! (방망이를 들고) 술상 나와라! (탁탁 친다. 천정에서 술상이 내려온다) 북 나와라 탁! 꽹과리 나와라 탁! (방망이 두드리는 대로 물건이 천정에서 내려온다) 광대꽃 나와라 탁! 거울 나와라 탁! 자 이제 다 됐는데 각시가 없지 않아? 우리 웃머리님은 각시를 좋아하는데 세상 사람들 참 멍텅구리들이야. 우리 웃머리님하고 하룻밤만 지내면 금도 주고 은도 주고 집도 지어 주고 좋은 옷, 산해진미, 오곡백과 다 줄 텐데. |
| 도깨비 1 | 그런데 오늘밤엔 웃머리님이 왜 광대꽃을 찾으실까? 예쁜 색시를 데려오실 모양인가? |
| 도깨비 1 | 그런 게 아냐! 그걸 바보한테 줘서 예쁜 각시를 찾아보라고 그러시는 걸 거야. |
| 도깨비 2 | 우리 웃머리님이 요새는 너무 여자를 밝히시는 거 아냐? |
| 도깨비 1 | 요즘 우리들 흉내를 내는 사람들이 부쩍 늘어서 그 녀석들 조사하느라고 세상을 두루 순행하셔야 하니까 얼마나 피곤하시겠냐? 그래서 피로도 풀 겸. 하지만 우리 웃머리님도 옛날옛적하고는 많이 달라지셨어. 옛날에는 마음이 퍽퍽하고 춤, 노래 장난을 잘 하셨는데 요즈음은 웃음보다 화를 내는 |

때가 많단 말이야!

**도깨비 2**  골치 아픈 일이 많아서 그러시는 거지. 우리들한테야 잘해 주시지 않아!

아! 웃머리님이 오신다.

자, 풍악을 울리자!

도깨비 1, 2 북과 꽹과리를 친다.

웃머리 도깨비가 들어온다.

졸개 도깨비들 장단을 멈춘다.

**웃머리**  아 피곤하다! 해 저문 뒤에 삼천리를 돌고 왔으니. 그런데 바보가 안 보이지를 않느냐?

**도깨비 1**  이제 나타날 것입니다. 흉물을 떠느라고 어디 숨어 있겠죠.

바보야! 바보야! 나오너라.

밥도 주고 떡도 줄게 어서 나오너라.

무대 한쪽에 겁을 먹고 숨어 있던 거식이와 사냥꾼 속삭인다.

**포  수**  이건 이상하지 않아? 저게 정말 도깨비들이란 말야?

**거  식**  난 이상하다는 생각보다 재미가 있는데… 가만히 구경이나 하세.

바보가 히쭉히쭉 웃으며 나타난다.

**바  보**  웃머리님 안녕—.

**웃머리**  오랜만이군.

| 바 보 | 오늘은 무슨 놀이를 하지? |
|---|---|
| 웃머리 | 씨름을 할까? |
| 바 보 | (웃으며) 헤헤 씨름하자. 내가 이기면 뭘 줄래? |
| 웃머리 | 꽃과 거울을 주지. |
| 바 보 | 나는 그런 거 쓸데없어. 어머니나 찾아 줘! |
| 웃머리 | 야 저 꽃은 보통 꽃이 아니야. 저 꽃만 지니고 있으면 춤과 노래가 절로 나오고 예쁜 여자들이 너보고 신랑 삼자고 그러는 거야. |
| 바 보 | 난 색시 소용없어. |
| 웃머리 | 그리고 저 거울은 옥으로 만든 것인데 저 거울을 들여다보면서 누구든 생각을 하면 그 사람의 모습이 나타나기도 하고 네가 아주 똑똑해지는 지혜의 거울이란 말이야. |
| 바 보 | 난 그런 거울 소용없어. |

보고 있던 거식이와 포수 애가 타서

| 거 식 | 저런 머저리 같은 놈. 저 꽃은 내가 가지면 딱 알맞겠다. |
|---|---|
| 포 수 | 저 거울을 내가 가지면 호랑이 잡는 데 제격이겠는데. 지혜의 거울 신통력! |
| 웃머리 | 그럼 뭘 줄까? |
| 바 보 | 칼을 줘! |
| 웃머리 | (난처한 듯) 칼을! 칼을 뭐하게! 바보야 그건 안 돼. 요즘 칼 갖고 나쁜 짓 하는 녀석들이 너무 많아. |
| 바 보 | 싫어! 난 칼 줘! |
| 웃머리 | 너 같은 착한 애가 칼을 가져서 뭘 하게. |
| 바 보 | 나 어머니 얼굴을 칼로 깎을 거야. |

| 웃머리 | (갑자기 소리를 내며 운다) 엉엉…. |
|---|---|
| 도깨비들 | 웃머리님 왜 갑자기 우십니까? |
| 웃머리 | 울지 않을 수 있냐? 저 바보애의 효성스런 말을 듣고 감동 안 할 수 있느냐? 게다가 저 애가 꼭 가져야 할 칼을 잃어버렸으니! 내가 좋은 칼을 하나 갖고 있었지. 그 칼을 대대로 왕궁에 전해 오던 나라의 보물인데 얼마 전 난리통에 도둑에게 빼앗기고 말았다. |
| 도깨비들 | 그거 원통한 일이긴 하오나 우리 세계에서는 운다는 법은…. |
| 웃머리 | 없었지. 하지만, 허지만 어찌 울지 않으리. 잘 처먹고 잘 입고 잘사는 놈들은 도깨비 부럽지 않게 너털웃음을 웃고 살지만 (또 울면서) 저 애를 봐라. |
| 도깨비 2 | 하오나 웃머리님은 우리의 영웅이시며 전지전능하옵신 분인데 우시다니 우리 역사와 전통에 없던 일로서 후세 사가들이 어찌 평가할런지 심히 우려되는 바입니다. 거룩하신 울음을 거두소서. |
| 웃머리 | (금세 화를 내며) 어떤 놈들이 그런 전통을 만들었단 말이냐? 뭐 좀 배웠다는 것들 아는 체하는데 딱 질색이란 말이야. 저 녀석을 당장 화장을 시켜 줄까 보다. |
| 도깨비 2 | 죽을죄를 졌사옵니다. 웃머리님의 권위와 명예를 위해서 그랬던 것인데 죄송합니다. |
| 웃머리 | (졸개 1에게) 너는 뭘 하고 있는 거냐? 나의 오른팔 노릇을 하려면 왼팔이 무슨 짓을 하고 어떤 생각을 하는지를 살펴야지. |
| 도깨비 1 | 모두가 소신의 불찰이옵니다. |
| 웃머리 | 그건 그렇고 기분도 울적하니 씨름이나 하자. 상품은 나중 |

에 정하기로 하고.

**바 보**　　좋아!


웃머리와 바보 씨름을 한다.

졸개 도깨비들 악기를 두드리며 응원을 한다.


**도깨비들**　영차 어영차 웃머리님, 오른쪽 다리를 거세요.

**거 식**　　머식아! 왼쪽 다리를 걸어라.

**도깨비들**　오른쪽 다리를 걸어라.

**거 식**　　왼쪽 다리를 걸어라.

**도깨비들**　오른쪽으로 돌아.

**거 식**　　왼쪽으로 돌아. 네가 지면 죽는 거야!


씨름 좀처럼 승부가 나질 않는다.

응원은 점점 더 열을 올리고 거식이는 이제 숨어 있어야 할 처지
도 잊은 채 아주 버젓이 나서서 떠든다.


**거 식**　　옳지, 옳지, 머식이 잘한다.


타악기소리와 응원소리가 뒤엉키어 열을 올린다.

힘을 쓰는 두 사람, 드디어 도깨비가 쓰러진다. 순간 환호성을 지
르며 거식이가 뛰어들어 머식을 얼싸안는다.

도깨비들 잠깐 동안 멍청히 있다.

웃머리 도깨비는 기분이 좋아서 낄낄거린다.


**도깨비 1**　웃머리님… 웃머리님, 저걸 보세요.

| 웃머리 | 아 재미있다, 재미있어. 술 가져와라. |
|---|---|
| 도깨비 1 | 웃머리님! 낯선 자가 있습니다. |
| 웃머리 | 뭐야? (사람들을 보고 질겁을 한다) |

이때 포수는 다급한 나머지 도깨비들에게 총을 쏜다.
요란한 폭음.

| 웃머리 | 이크! 들켰구나. 뛰엇! |

그들이 뛰어나가는 때를 맞추어 악기, 술상 등이 사라진다. 바보와
거식이는 한참만에야 그 사실을 깨닫는다.
무대 위에는 꽃과 거울이 남아 있고 빈 공간임을 안다.
포수가 사냥총을 들고 나타난다. 바보는 겁에 질려 거의 제정신이
아니다.
두리번거리며 무언가를 찾는다. 웃머리 도깨비의 시체를 찾듯

| 포 수 | (한참 만에) 내가 정확히 맞추었는데. |
|---|---|
| 바 보 | 죽었어. |
| 거 식 | 누가 죽어? |
| 바 보 | (울면서) 왕도깨비. (느껴 울며) 좋은 친구였는데. |
| 거 식 | 자네 돈 사람 아냐? 왜 총을 쐈지? |
| 포 수 | 나도 모르겠어… 도깨비를 총으로 쏘다니? 그러나 저러나 도깨비는 달아났으니 잘된 것 아냐? 밤새도록 그 짓을 할 거란 말이야? |
| 바 보 | 왕도깨비가 죽었어. 큰일났어. |
| 거 식 | 뭐가 큰일나. 도깨비 같은 것은 빨리 잊어버려. (꽃과 거울이 |

있는 쪽으로 가며) 저것 봐. 모든 것이 숨결처럼 사라졌는데 이
것이 있지 않아? (꽃을 집고 거울을 집으려는데)

포 수   가만 둬. (총을 겨눈다) 꽃만 집어! 거울은 내 것이야. (천천히
다가가서 거울을 집는다) 이게 지혜의 거울이라고? (반신반의하
며 의미 있게 웃는다)

거 식   이 꽃을 가지면 예쁜 여자가 따르고 춤과 노래가 절로 나온
다고 했겠다. (소년에게) 머식아! 그게 정말일까?

바 보   정말이야. 그렇지만 이제 큰일났어.

거 식   뭐가 말이냐?

바 보   우리 마을은 큰일났어.

거 식   왜 큰일이 났다는 게야?

바 보   도깨비가 화가 났어. 집에 불을 지르고 사람을 산 속으로 끌
고 가고….

포 수   왕도깨비가 죽었다며? 그놈이 죽었으니 다른 놈들은 모두
도망쳤을 거야. 다시 나타나면 이걸로 또 쏘아 죽이지.

바 보   그때 그때도 도깨비 불을 보고 총을 땅 쐈어. 그래서 사람들
이 싸우다 죽고 미친 사람도 생겼어. 집도 탔어. 엄마는 도망
갔어. (섧게 울며) 하늘에서 불이 왔다갔다하고 산이 무너지고
다리도 떠내려가고 쇳조각이 하늘로 날아다니고. 무서워.
산불이 나서 타서 죽고 노루도 사슴도 다람쥐도 죽었어. 사
람을 막 끌고 갔어. 엄마도 소도 돼지도.

거 식   그게 도깨비 짓이란 말이냐?


바보, 끄덕인다.


포 수   망상이야. 만일 그런 일이 생긴대도 이 거울이 있으니 염려

없어. 이걸 보면서 미리 막으면 될 것 아냐?

**거 식**　글쎄, 난 잘 모르겠군.

**바 보**　난 무서워. 그 꽃도 금도 무서워! (거울을 들여다보다가) 누가
　　　　와?

**거 식**　뭐야? 아무것도 안 보이는데.
　　　　이 밤중에 이런 데로 누가 온단 말이냐?

**바 보**　(거울을 들여다보며) 여자야!

**거 식**　여자? 어떻게 알지? 난 안 보이는데.

**바 보**　(거울을 소중히 감추며) 거울 속에 나타났어.

**거 식**　정말이야? 어디 좀 봐…. 나 좀 보자구.


이때 바람소리 들리더니 무대 한쪽에 귀신이라고 생각할 수밖에
없는 노파가 나타난다.


**바 보**　(비명을 지른다) 저것 봐!


거식과 포수 자빠질 듯 놀란다.
할멈 그들 가까이 간다.


**할 멈**　여기들 있었군!

**포 수**　누구요?

**할 멈**　나는 광대골 산신할미다.
　　　　총을 쏜 자가 누구인가?

**포 수**　왜 그러시죠? 산신할머니!

**할 멈**　그 총소리에 놀라서 내 호랑이가 달아났느니라. 너 그 죗값
　　　　을 어떻게 받겠느냐?

**포 수**   호랑가? 광대골에 정말 호랑이가 있단 말이죠?

**할 멈**   그 호랑이는 내 선대 조상들을 모시던 호랑이인데 지난번 난리 때 나간 것을 겨우겨우 찾아 데리고 있던 터에 난데없는 총소리를 듣고 또다시 달아났느니라.

거식이와 포수, 미치광이임을 알자 다소 안심하지만 마음을 못 놓는다.

**포 수**   산신할머니! 할머니는 이 꽃을 보고 찾아오신 거죠? 제가 춤을 춰드릴까요? (소리하며 춤을 춘다)

**할 멈**   (머식에게) 너 바보야, 어쩌자고 너는 이런 망나니 같은 것들하고 어울리느냐? 너는 네 분수대로 살아야지, 이런 뿌리도 속알머리도 없는 뜨내기를 끌어들여 화를 불러일으킨단 말이냐?
　　　　　앞으로 닥쳐 올 재앙을 어찌 보랴. 임자들은 이곳에 어우러져 살기는 어려울 것인즉 하루 속히 여기를 떠나거라. 만일 떠나지 않고 머물러 있으면서 제 욕심 채우려다가 헤어나지 못할 수렁에 빠지게 될 것이다. (할멈, 귀신처럼 사라진다)

**거 식**   (머식에게) 저건 누구지? 사람이야? 도깨비야?

**바 보**   광대골 산신할미야. 그때 그때도 저 할미가 왔었어. 난 무서워!

**거 식**   꽃도 있고 춤도 있고 사랑도 있고 도깨비를 잡는 총도 있는데 뭐가 무서워? 얘! 머식아! 네가 도깨비하고 돌팔매질 내기를 한 곳이 광대골이라고 했지? 옳지, 거기 가면 도깨비를 다시 만날 수 있을 거야. 도깨비는 금이 변해서 되는 수가 있어. 광대골에 금이 있으니까 틀림없이 도깨비도 있을 거야.

난 이번에 도깨비를 만나면 도깨비 등걸이를 꼭 얻어야겠어. 그것만 입으면 천변만화를 부리는 재주를 갖게 된다니까 나한테 꼭 어울리는 것이 아니겠니? 나는 총 같은 건 안 쏜다. 도깨비 등걸이를 얻어 내 몸뚱이를 감출 수 있게 되면 나쁜 짓 하는 사람, 꼴 보기 싫은 놈들 뒤통수나 한 대씩 갈겨 주고 훨훨 날아다니며 노래나 불러 주고 부잣집 생일잔치 차려 놓으면 맛있는 거 내가 먹어 주고 과부 시름이나 덜어 주고 가난한 사람에게 부자 재물을 나눠 주고 그렇게 살면 얼마나 좋겠니? 자! 우리 광대골로 들어가 보자꾸나. 이제 그만 울고 여기를 떠나자.

거 식  (총을 가리키며) 저것이 말썽이로군.
사람끼리 잘살자 하고 짐승 잡기 위해 만든 것이 짐승은 고사하고 사람을 놀라게 하니 여보게 그걸 버릴 수는 없을까?

포 수  나는 이것 없으면 송장이나 한가지야. 이것이 내 밥통이고 내 마누라고 내 자식이야. 믿을 것이라고는 애오라지 이것밖에 없는데 이걸 버리라니.

거 식  (바보에게 꽃을 주며) 이건 너나 가져.
이 꽃 가지고 있어 봐야 아까 왔던 할멈 같은 이나 찾아올 테니.
아무튼 (포수에게) 자네는 우리하고 굳이 광대골엘 들어갈 필요도 없게 됐네 그려. 그곳에 있던 호랑이가 달아났다니 말야.
그럼 호랑이를 잡든 여우를 잡든 마음대로 하게.

포 수  나는 애오라지 호랑이를 잡아야 해.
광대골에 들어가서 호랑이를 보거든 알려나 주시오. (나간다)

# 다섯째 거리

**배우1**　그 후 애오라지 나루에는 괴변이 이어졌습니다. 원인 모르게 집 몇 채가 타버렸고 사람이 온데간데 없이 사라졌습니다. 애오라지집에 있던 송이가 자취를 감춘 것입니다. 거식이는 머식이를 달래서 메밀묵을 쑤어 가지고 광대골로 찾아들었습니다. 용처럼 꿈틀대며 굽이 돌아 기암절벽 사이를 뚫고 흐르는 좁은 골짜기를 올라갔습니다. 열두 용소를 맴돌고 부딪치며 쏟아져 흐르는 물소리는 숲과 바위, 작은 동굴을 울리면서 마치 마지굿하는 소리를 내고 때마침 골짜기를 감돌아 지나가는 바람은 갖가지 풀과 나무들을 춤추게 하고 새들은 높고 낮고 가늘고 굵게 소리를 내며 물소리 장단에 끼어들어 시나위 가락처럼 어우러지고 이름 그대로 천연의 광대 놀음판이 벌어진 것입니다. 그들은 그 장단에 맞추어 어깨춤을 추었습니다. 거식이와 머식이는 이렇듯 광대놀음판 속을 놀면서, 쉬면서 개울물에 잠기며 바위를 기어오르며 올라가 열두 길이나 되는 폭포 앞에 이르렀습니다. 세차게 쏟아져 내리는 폭포 아래는 깊이를 알 수 없는 용소가 있고 그 가에는 석수쟁이가 정성 들여 깎아 놓은 것 같은 절벽입니다. 땅거미 질 무렵입니다. 빼꼼하게 벌어진 절벽 사이로 보이는 하늘에 성급하게 나타난 초저녁 별이 반짝이고 굿가락은 자진모리를 지나 휘모리 가락이 한참입니다. 이때 하늘에서 노래소리가 들려옵니다. 바보 소년은 갑자기 "엄니엄니"하고 미칠 듯 기뻐하면서 절벽을 기어올라 소리 나는 쪽으로 갔습니다. 한참 만에, 금세라도 무너져 버릴 듯한 집을 보았습니다. 그 집 안에 송이가 '애오라지술집' 송이가 선녀같이 곱게 단장하고 앉아 울고 있지를 않겠습니까?

믿을 수가 없습니다. 그러나 그건 분명 '송이' 였습니다.


배우 1의 얘기가 끝나갈 무렵 무대 안쪽에서 선녀처럼 단장하고 앉은 송이를 태운 바퀴 단 덧마루가 소리없이 굴러 나와 뒷 무대에 자리를 잡는다.

조명은 전체적으로 어슴프레하여 심산유곡의 분위기를 나타내고 송이 있는 데만 약간 밝게 나타낸다.

바보와 거식이 나타난다. 거식이도 숨어서 지켜본다.


**송 이**   (노래) 알뜰살뜰 그리던 님 진정 차마 못 잊겠고 아무쪼록 잠이 들어 꿈에나 보자 하니 달 밝고 불은 가물가물 잠 이루기 어려우니 쓰라린 이 심정을 어디에 호소할까.
　　　　아리라 아리라 아리라로 날 보내 주오.

**바 보**   (송이 앞으로 다가가) 아리라 공주님 언제 여기에 왔어? 내가 여기 있지 않아? 울지 마! 왜 그럭 하구 앉아만 있어?

**송 이**   아리라 아리라 아리라로 날 보내 주오.


이때 할멈 나타난다.


**할 멈**   바보야 조용히 해. 네가 어찌 감히 예까지 와서 소란을 떠느냐?
　　　　이 각시는 공주 아줌마가 아니다.
　　　　이 각시는 아리라의 처녀이니라. 이제 머지않아 한씨 나라 왕자가 데려갈 아가씨니라. 며칠만 기다리면 아사달에서 왕자가 올 것이다. 왕자가 오시면 호랑이를 타고 아사달로 가 왕자비가 되실 분이다.

왕자님이 오시면 그때는 네 어머니도 만나게 될 것이다. 왕자님은 지금 저 바깥세상의 고약한 무리들을 타이르고 다스리느라고 바쁘시단다. 밖이 어지러우면 안도 어지러운 법, 저 바깥세상이 온통 쇠붙이와 불의 싸움판이니 그걸 다스리지 않으시고 어찌 사사로운 일 때문에 오시겠느냐? 쇠는 불로써 다스리고 불은 물로써 다스리는 것이니 쇠가 성하는 세상은 불로서 망할 것이요. 불이 성하면 물로서 망하게 된다. 왕자님은 물의 정기만으로 태어나신 분이라 온 세상을 물로서 다스리게 된다.

여기 이 각시는 우리 조상 할아버지들이 불을 피해 물가에 내려와 사실 때 초목의 기운으로 태어난 각시이니 왕자님이 오셔서 물기운을 뿜어 주셔야 자손도 많이 두고 뿌리를 깊이 뻗고, 가지와 잎을 억세게 길러 천만세를 누리게 된다.

네 에미도 그 나뭇가지의 하나인데 지금 불기운으로 말라서 타죽은 형세이다. 왕자님이 오실 날을 기다려야 한다. 기다려야 한다.

**송 이**  바보야 하지만 기다릴 수가 없단다. 나를 도와 줘! 나는 오늘 밤 도둑에게 시집을 가야만 돼. 오늘 밤 쿵하는 소리가 열 번 들리면 난 잡혀 가야만 해!

**바 보**  도둑이 뭐야?

**송 이**  지난날 밤 총소리에 놀라 이 산신할머니를 따라 피신을 왔는데, 오던 날 밤 도둑이 왔단다. 그 도둑은 호랑이처럼 날쌔고 산돼지처럼 기운이 세단다. 내가 거짓말을 해서 오늘 밤까진

미루어 왔는데 오늘 밤이 마지막이다.

오늘이 아버지 제삿날이니 오늘 밤까지만 기다려 달라고 거짓말을 했단다. 산신할머니는 호랑이가 돌아오면 나를 보호할 수 있다고 하지만 호랑이는 돌아오지 않는구나.

**할 멈**  왕비님! 염려 마세요.

호랑이는 꼭 돌아올 거예요.

**송 이**  호랑이는 오지 않아.

**바 보**  내가 불러 볼까? 호랑아—호랑아—.

**송 이**  그건 바보 같은 짓이야.

**바 보**  그럼 거기서 일어나 잠시 도망가 있으면 되지 않아?

**송 이**  (고개를 저으며) 갈 수가 없어! 다리에 힘이 없어!

**할 멈**  왕자님이 오셔서 데려가기 전에는 움직일 수가 없어!

**바 보**  (거식이를 찾으며) 아저씨! 아저씨! 어디 계세요? 이리 나오세요.

**거 식**  (관객에게) 이거 난처하게 되었습니다. 나 같은 인물이 이런 때 무슨 소용이 있겠습니까? 가슴만 답답할 뿐이죠. 도둑이 와서 저 예쁜 각시를 업어 가는 것을 뻔하게 보면서 여기 이렇게 숨어 있어도 되는 겁니까? 내게 힘이 있습니까? 내 인생 반을 넘게 떠돌이 광대짓밖에 한 게 없으니… 그러나 묘법이든 묘책이든 있긴 있어야 하는데—.

산신할미는 무대 한쪽에 앉아 주문을 외우고 있고, 바보는 서성거리며 궁리를 하고 있는 듯

**배우 1**  바로 이때 멀리서 도둑이 오는 소리가 들립니다. 쿵!

때를 맞추어 멀리서 "쿵"하는 소리가 산을 울리며 들린다.
그 소리는 점점 가까워지며 빨라진다.


**송 이**   바보야 저 소리 들리지?


바보 듣는다.


**송 이**   지난번에도 저런 소리가 나더니 도둑이 왔어. 머리에 뿔이 나
        고 눈은 하나 몸에도 털이 나있고 큰 입을 벌리고 웃으며 산
        돼지 송곳니 같은 것이 드러나는 그런 도둑이 오더란 말야.
**바 보**   점점 가까이 오는데?
**거 식**   아! 이것이 꿈이라면… 꿈이라면 빨리 깨다오. 꿈이 아니라
        면? 나는 죽는구나. 아, 좋은 수가 있다. 이판사판, 살판 아
        니면 죽을 판이나 꾀나 한번 써보자.


무대 안으로 들어간다.


**거 식**   애, 머식아! 이렇게 한번 해보자.
**바 보**   어떻게?
**거 식**   네가 저 각시의 옷을 입고 앉아 있거라.
**바 보**   내가?
**거 식**   그래!
**바 보**   그래서?
**거 식**   도둑이 오면 너를 각시로 알고 업어 갈 게 아냐? 그렇게 되
        면 네가 도둑의 잔등에 업히어 목을 꽉 졸라라. 그때 내가 숨
        어 있다가 돌로 꽝 잡으면 되지 않겠냐?

도둑이 오는 소리 더 가까이 들린다.


거 식  자, 시간 없다. 벌써 다 온 모양이야.

바 보  나는 각시가 아닌데—.

거 식  이런 답답한 녀석 지금 그런 걸 따질 때가 아니란 말이다.
　　　아, 좋은 수가 있네 꽃! 꽃이 있으니 속을 게다.

바 보  (각시에게) 그렇게 해도 돼?


파랗게 질린 송이 한참 만에 고개를 끄덕인다.


바 보  그럼 할게—.

거 식  자, 어서 빨리 아리라 각시를 숨겨야지—.

바 보  어떻게—?

거 식  (송이에게 달려들며) 얘, 머식아! 이리 와 아리라 각시를 숨기자!


바보와 거식 둘이서 아리라 각시를 번쩍 들어 무대 밖으로 데려간
다. 곧이어 거식이 나온다.


거 식  (할멈에게) 산신할멈, 도둑이 와요. 다 왔어요. 산신할멈! 고춧
　　　가루 있어요?

할 멈  너무 서두르지 마라. 나는 천 년을 기다렸어.

거 식  지금 일 분 일 초가 급한데 무슨 소리를 하는 게요?

할 멈  천 년이 일 분이고 일 분이 천 년이란다.

거 식  아이고 죽겠네. 산신할머니, 꾀를 쓰잔 말이에요. 고춧가루
　　　나 재가 있으면 그걸 손에 움켜쥐고 있다가 도둑놈이 오면
　　　눈에 확! 뿌리란 말이에요. 그러면 그놈이 앞을 못 볼 게 아

니에요? 그때를 틈타서 내가 돌멩이로 대가리를 탁! 어때
요?

**할 멈**  제 꾀에 제가 넘어간다. 기다려, 기다려.

**거 식**  아이고 환장하겠네. (가까이 쿵 소리) 다 왔군! 이 녀석은 뭘
하는 게야.

바보, 송이가 입었던 차림으로 얌전하게 춤추며 나온다.

**거 식**  오냐! 빨리 나오너라.

여전히 천천히 나온다.

**거 식**  (다급하게 속삭이며) 야! 이놈아! 빨리 나와!

**바 보**  (얌전하게 걸으며) 각시가 어떻게 빨리 걸어.

**거 식**  도둑이 다 왔단 말야. 자! 이걸 잘 갖고 있다가 그놈 눈에다
휙! 알았지? 죽이느냐, 죽느냐야.

강제로 끌어 송이 앉았던 자리에다 앉힌다. 바보 앉은 채로 어깨를
달싹거리며 흥얼거림조로 소리를 한다.

**거 식**  (목소리를 죽여서) 야! 조용히 있어! 지금 소리할 때가 아니야.
이제 쿵하는 소리가 들리면 도둑이 오는 거야! (여전히 소리
한다) 이거 다 틀렸군! 이런 때 그 총 잘 쏘는 포수 녀석이나
있었으면 오죽 좋을까? 호랑이 잡는 것보다 도둑놈 하나 잡
으면 그놈들이 훔쳐 모아 놓은 것 몽땅 제 차지가 되는 것
아냐?

그놈은 지금 무얼 하고 있지? 가만… 일이 잘되기만 하면 내가 그 도둑 두령놈을 잡기만 하면… 흐흐 내가 두령이 된다. (자기 입을 손으로 딱 때리며) 못써! 망할 놈의 주둥아리 같으니라구. (또 때린다) 옳지! 오늘밤이 제삿날이라고 거짓말을 했다지? (소년에게 달려가서) 아무래도 안 되겠어. 돌아앉아서 엎드려 절하는 것처럼 하고 있어….

이때 집채가 들썩할 만큼의 '쿵' 소리가 들리더니 도둑이 나타난다. 거식이가 산신할멈을 데리고 나간다. 머리에 한 개의 뿔이 나왔고 귀는 돼지귀를 닮았고 코는 말코 입은 사람의 입 이빨은 산돼지, 하나 있는 눈은 황소 눈알의 얼굴을 하고 윗도리는 알몸뚱이에 털이 부성부성한 도둑이 나타난다. 그러나 첫인상으로 그가 땅꾼 털보임을 누구나 쉽게 알 수 있다.

거 식   아니, 저건 털보 땅꾼 아냐?
털 보   (껄껄대고 웃으며) 오! 이쁘게 단장하고 제사를 지내는구면. 자, 약속대로 내가 왔다. 오늘 밤엔 나와 함께 가자. 내 산채에 가기만 하면 금은보화는 물론 산해진미가 다 있고 내 졸개가 삼천 명에 하인이 삼백 명, 네 시중들 하녀들이 삼십 명 물은 충청에서 가져온 물이고 쌀은 전라에서 올라온 것이요, 채소, 양념은 강원에서 온 것이며 나물은 금강, 보석은 묘향산, 해물은 제주에서 온 것, 돌은 백두에서, 옷은 청나라, 분은 왜나라, 신은 양나라, 없는 것이 다 갖추어 놨으니어서 가자—.

이때 거식이 주안상을 들고 나온다.

**털 보**　(깜짝 놀라며) 너는 누구냐? 저건 광대 아냐?

**거 식**　(술상을 도둑 앞에 놓고 절을 하며) 두령님! 소인 인사 여쭙겠습니다.

**털 보**　(거식이를 살피더니) 너 어디서 본 녀석 같은데—.

**거 식**　소인 같은 개돼지만도 못한 것이 어찌 두령님 눈에 비쳤사오리까?

**털 보**　너는 누구냐니까?

**거 식**　소인은 도깨비에 홀려 산중을 헤매다가 우연히 이곳을 찾아들었사온데 두령님이 오신다는 말씀 얻어 듣고 소인도 두령님 따라 산채로 갈까 하고 기다리고 있었사옵니다.

　　　　마침 제사 지낸 끝이라 음식이 쬐끔 있어 차려 왔습니다.

**털 보**　나는 아무 음식이나 먹지를 않는다.

**거 식**　그때 애오라지집에서는 잘 잡수시던데!

**털 보**　뭣이? 애오라지집이라고?

**거 식**　그때 제가 먼발치로 뵌 듯싶은데….

**털 보**　옛날 얘기를 하는구먼.

**거 식**　옛날이라니요? 얼마 안 됐습죠.

**털 보**　예전에 내 딸아이하고 땅꾼 노릇할 때 얘긴가!

**거 식**　땅꾼이라닙쇼? 그때가 백성들 몸보신하는 사업을 하셨을 때라고 기억이 나는뎁쇼?

**털 보**　(만족한 듯) 백성들 몸보신 사업이라! 헛헛.

**거 식**　자! 잔 올립니다.

**털 보**　(금세 화를 내며) 난 음식을 함부로 안 먹는다지 않았어? 네 놈이 거기다 독을 탔는지 어찌 알고 먹느냐?

**거 식**　원 대낮에 맞을 말씀을….

**털 보**　뭐가 어째?

**거 식**　아니올시다. 소인이 벼락을 맞게 그런 짓을 하느냐는 말씀입니다.

**털 보**　귀찮다. 자, 각시야 가자! (거식을 밀치며) 넌 저리 비켜!

**거 식**　아리라 각시님! 두령님께서 가시자 하옵니다. 두령님! 그런데 가마도 없이 어찌 신행을 하시겠습니까?

**털 보**　내가 업고 날아갈 것이니 염려 말아라. 자, 업혀라!

**거 식**　이쪽으로 오셔서 등을 대십시오. 자!


털보 그대로 한다.

바보 겁을 먹고 일어나 업히려 한다. 바로 그때 떨면서 거식이가 준 것을 치마 속에서 꺼내더니 두령 눈에 확 뿌린다.


**털 보**　(손으로 눈을 비비며) 이게 뭐냐? 뭐가 날아와 내 눈으로 들어왔다. 아이구 따가워!


거식이 이때를 놓치지 않고 밧줄로 털보를 묶는다.


**거 식**　네 이놈! 기는 놈 위에 나는 놈 있고 나는 놈 밑에 고춧가루 뿌리는 놈 있는 줄 몰랐느냐? 네 이놈, 거처가 어디냐? (쥐어박으며) 어서 대라.

**털 보**　(엄살 떨며) 이쪽으로 산등성이를 세 개 넘으면 큰 골짜기가 나오는데 그 골짜기를 따라 삼십 리쯤 올라가면 큰 대문이 있고, 그 대문으로 들어가 5리쯤 들어가면 큰 돌집이 나옵니다. 그 돌집 뒤 숲속에 자그마한 성이 있는데 그 속이 내 집이올시다.

**거 식**　자, 아리라 각시님! 이 자를 어찌 할까요?

| | |
|---|---|
| **바 보** | (여자 목소리로) 다시는 그러지 말라 하고 보내 주어라. |
| **거 식** | (어이없이 멍하니 있다가) 예! 알아 모시겠습니다. |
| | 너 이놈 우리 아가씨 명이라. 거역 못 해서 너를 놓아 주는 것이니 그리 알고 개과천선하여라. 너 훔친 물건 모두다 나누어 주고 네가 잡아 놓고 있는 무리들을 놔주어라. 알았느냐? |
| **털 보** | 알겠습니다. (여전히 눈을 닦으며) 아리라 각시의 은혜는 잊지 않겠습니다. |

거식이 밧줄을 끌러 준다.

| | |
|---|---|
| **털 보** | (풀려나긴 했지만 눈을 못 떠 괴로워하며) 내 큰 실수를 하였구나. 그 보검을 갖고 졸개들로 방패를 삼고 왔어야 하는 건데 이런 망신이 어디 있담. 다음번에는 어림없다. (바람처럼 사라진다) |
| **거 식** | (화가 났다) 이 바보 같은 녀석이 기껏 다 잡아 놓은 복덩이를 그렇게 놓아 주면 어떻게 해? 다 틀렸잖아! |

바보 울고 있다.

| | |
|---|---|
| **거 식** | 아, 이놈아! 일은 다 그르쳐 놓고 울긴 네가 왜 울어? |
| **바 보** | 내가 우는 거야? 눈에 고춧가루가 들어가서 그러는 거지! |
| **거 식** | 뭐가 어째? 그러나 저러나 아리라 각시는 구했으니 다행인데 그놈을 살려 보냈으니 그 후환을 어쩔 거냐? 할멈, 산신할멈! 이리 나와 봐요. 머식이가 도둑을 쫓았어요. |
| | 각시님, 아리라 각시님 나오세요—. |

할멈과 송이 황급히 나온다.

**송 이**　정말 도둑이 갔나?

**거 식**　가고 없지 않아!

**송 이**　(대단히 기뻐하며) 어머나 우리 바보가 이렇게 훌륭한 일을 해
　　　　내다니! (그 소년을 끌어 안고 좋아한다)

**할 멈**　신령님 고맙습니다. 영하신 신령님 이 은혜를 무엇으로 갚
　　　　아 올리오리까?

**거 식**　(할멈에게) 신령님 때문이 아니에요. 머식이가 쫓았단 말이
　　　　에요.

**할 멈**　신령님 고맙습니다. 드디어 기다리던 우리 각시의 신랑, 왕
　　　　자님을 보내 주셨으니 이 은덕 죽어도 죽어도 갚을 길이 없
　　　　사옵니다. (머식 앞에 앉으며) 왕자님! 문안 드리옵니다. 부디
　　　　이 아리라 각시님을 잘 모시고 가셔서 천생만민을 위해 힘
　　　　쓰시고 부귀영화 누리옵소서―. 이제 이 늙은이의 소임은
　　　　다 끝난 줄 아옵니다.

**거 식**　이거 갈수록 수렁이구면― 이젠 왕자님이라? (장난기 어린 말
　　　　투로) 머식이 왕자님 이제 모든 문제를 영웅적으로 끝냈으니
　　　　그만 하산하옴이 어떠하올지?

**바 보**　아냐, 난 할 일이 또 있어.

**거 식**　어떤 일이옵니까?

**바 보**　도둑한테 가봐야 돼.

**거 식**　뭐라구?… 거긴 왜 가신단 말이옵니까?

**바 보**　그 도둑이 울면서 갔어. 나쁜 사람이 아냐. 불쌍해! 가서 잘
　　　　말해 주고 삼천 명을 모두 데리고 마을로 내려가서 살게 해
　　　　야 돼.

거 식    (기절할 뻔한다) 아이쿠! 이제 정말 왕자님 행세를 하려드네.

할 멈    거룩하신 왕자님. (읍한다)


송이는 우습기도 하고 하편 눈물겹기도 하다.


송 이    왕자님의 훌륭하신 뜻 받들어 모시겠습니다.

거 식    이제는 완전히 헛갈리는군—.

바 보    아리라 공주님 내 다녀올게. (퇴장)


# 여섯째 거리


배우1    이런 때 어떻게 행동하는 것이 현명한 것입니까? 바보를 따
         르자니 우리 모두가 바보가 되는 길밖에 없고 그 친구보고
         도깨비 같은 짓을 그만두라고 해봤자 듣지를 않을 것이고 사
         람이 사람을 이해하고 봐주는 데도 한도가 있지 않습니까?
         그런데… 그런데 말입니다. 이상한 것은 그를 위해서 자주
         행동을 되풀이하다 보니까 정말 도깨비도 보게 되고 금도 보
         게 되고 그뿐 아니라 사람들이 점점 변해 간단 말이에요. 심
         지어 내 나이가 몇인지 어디서 태어나 무슨 짓을 하면서 살
         아 왔는지조차 잊어 버리고 그저 무엇엔가에 끌려가는 것처
         럼 꿈결처럼 지나가더란 말입니다. 자, 그럼 바보는 어떻게
         됐을까요? 나는 마을로 내려와서 포수가 갖고 있는 거울을
         봤더니 바보가 굴속에 갇혀 있더란 말입니다.

굴 속을 암시하는 장치와 조명 바보 소년 굴속에 갇혀 있다.

바 보 　(노래) 깊은 산 험한 고개 칡넝쿨 엉크러진 가시덤불 헤치고 시냇물 굽이도는 골짜기 휘돌아서 어두운 밤길 허덕허덕 무서움도 모르고 찾아왔건만 이내 신세는 캄캄 굴속에 잡혀 있네.

　　　　털보, 보검을 들고 굴 입구에 나타난다.

털 보 　(능글맞게 그러나 악의 없는 듯) 야, 이 바보야. 그만 칭얼거려. 시끄러워서 잠을 잘 수가 없구나.
바 보 　지금이 낮인데 무슨 잠을 자?
털 보 　네 녀석이 우리를 몰라서 그러냐? 우리 산채 사람들은 낮엔 자고 밤에 일을 해야 한단 말야 이 바보야. 오늘 밤엔 금을 털어 올 작정이다. 저 아랫마을에 낯선 자가 와서 금을 많이 캐났다는 기별이 왔어. 그걸 가지러 가는 거야.
바 보 　그런 것 아무리 갖다가 쌓아 놔도 소용없어. 도깨비가 한번 오면 다 가져가!
털 보 　도깨비? (칼을 자랑스럽게 보이며) 이 칼 앞에는 도깨비도 귀신도 장사도 검불밖에는 안 돼!
바 보 　그 칼 나 줘.
털 보 　뭐라구? (껄껄 웃고 나서) 이 칼을 달라고? 이 칼이 어떤 칼인 줄이나 알고 달라는 거야? 이 칼은 옛날 어느 왕자가 갖고 있던 것인데 도깨비한테 얻은 것이란 말야. 이 칼이 보검이라는 거야. 이것만 들고 있으면 기운이 절로 나거든. 이 칼을 얻던 날 밤 꿈을 꾸었는데 도인이 나타나 이 칼을 가진 사람은 장차 임금이 되느니라 했단 말야.

**바 보** 나는 왕자야. 그 칼은 내가 가져야 돼!

**털 보** (놀리며) 왕자님, 이 칼은 무얼 하시게요? 어떤 나라와 전쟁이라도 하시렵니까?

**바 보** 나는 싸움은 안 해! 어머니 얼굴을 만들 거야.

**털 보** 어머니 얼굴을?

**바 보** 내 말을 안 들으면 도깨비한테 일러서 혼내 줄 거야. 나를 여기서 내보내 줘. 아리라 공주님한테 약속을 했어. 아저씨하고 이 산채에 있는 사람들을 다 데리고 마을로 가겠다고— 아리라 공주님이 날 기다린단 말이야.

**털 보** 아리라고 쓰리라고 잔말 말고 잠이나 자둬. 오늘밤 큰 잔치가 있어. 그 잔치 끝에 네 녀석에게 당한 분을 풀어 주겠다. 너하고 같이 있던 그 녀석도 잡아 오고 그 아리라 공주라는 계집애도 데려올 테니 그리 알고—. (퇴장)

**바 보** 도깨비 도깨비 이리 와다우. 메밀꽃도 다지고 햇메밀 나면 묵 많이 쑤어 줄 테니 어서 와다우. 여기 오면 맛좋은 술도 있고 안주도 장히 많다. 춤추고 잘 놀다가 나를 데려가 다오. 나루에 내가 안 가면 눈물 날 사람 많단다.

이때 도둑의 딸인 반벙어리 처녀가 보검을 들고 춤을 추며 나온다.
바보, 그녀를 보며 좋아한다.
처녀는 바보에게 칼을 받으라는 몸짓.

**바 보** 너는 누구지?

**딸** … 나는… 따… 따알… 아부지 (제일 높고 무서운 사람이라는 흉내) 이거 카아알— 너 가져. 여기서… 가. 나… 그 꽃, 나를

|      |                                                                 |
|------|-----------------------------------------------------------------|
| | 쥐… 난 꽃이… 좋아—. |
| **바 보** | 이 꽃하고 바꾸자고? |
| **딸** | (고개를 끄덕이며) 응… 지금, 아부지… 자. 빨리 바… 꿔! |
| **바 보** | 이걸 내가 가져도 돼? (받아서 칼을 자세히 보고 엄지손가락으로 칼날을 밀어 보더니) 이건 나무 깎는 칼 아냐. |
| **딸** | 그거… 가지면… 와… 왕, 임… 임금이 된대. |
| **바 보** | (칼을 만지작거리며) 그럼 너도 나하고 같이 가—. |
| **딸** | 나… 난 못 가 아부지가… 말… 못… 못하게 이렇게… 만들었어… 아부지… 무서운 사람… 난… 여기… 있어야 돼. 나는… 세상에 나가면… 죽어. 도둑의 딸이니까. 빨리 가! 오늘 밤… 너를… 죽인댔어! |
| **바 보** | 그럼 갈께. 내가 구하러 올 테니까 기다려. (바보 좋아서 칼춤을 추며 처녀를 한 바퀴 돌아 나간다) |
| **털 보** | (큰소리로) 이 바보 녀석 어디 갔어. 네가 그 녀석을 보내 줬지? |

위협적으로 딸에게 다가간다.

딸, 사색이 되어 물러난다. 한 발 한 발 다가가고 쫓기고

| | |
|------|-----------------------------------------------------------------|
| **털 보** | 그 칼을 어떻게 했어? 도둑 두령이 딸년한테 도둑을 맞다니. 네년의 주둥이만 막을 게 아니라 귀도 막고 눈도 막을 것을. 아니, 네년이 도무지 생각이라는 것을 못하게 했어야 하는 건데. 분하다 이것아, 그 칼을 빼돌리느니 차라리 그 칼로 이 애비 가슴을 콱 찌르지 그랬냐? 이년아, 이런 불효 막심한 년— 그 칼을 갖고 있으면 내가 임금이 되는 거야. 그러면 너는 뭐가 되는지 알아? 넌, 넌 공주가 되는 게야. 어째서 머리 |

가 그렇게밖에 안 돌아간단 말이냐?

네 에미가 너를 내질러 놓고 도망쳤을 때, 그때 죽게 내버렸어야 하는 건데… 이제 나도 도둑 좀 면해 볼까 했더니 다 글러 먹었다. 이년 내 당장이라도 너를 죽이고 싶다만 차마 그럴 수는 없고 너 지금 당장 여기서 나가거라.

**딸**  … 아… 아부지… 난… 안 가… 아부지하고 같이 있을 테야. 난 나가면 죽어—. (매달리며)

**털 보**  (쥐어 박으며) 죽는 게 무서운 줄 알면서 왜 그런 짓을 했냐?

**딸**  안 무서운 아부지… 되라고… 착한 아부지 되라구… 그 칼 없으면… 착한… 아부지야—. 난, 이제… 안 무서워— 안 무서워… 아부지… 아부지….

**털 보**  (분을 못 이겨 가슴을 치며) 아이구 이걸… 이러지도 저러지도 못할 이 딸년을 어떻게 해야 속이 풀릴까? 아니다. 이럴 때가 아니다. 그 녀석을 쫓아가 칼을 찾아야겠다. 그 바보 멍충이가 그런 영검한 보물을 가져 봐야 그 녀석은 나무나 깎고 앉았을 테니 그걸 도루 찾아 와야지. 보물이란 그 값을 아는 사람이 갖고 있어야 되는 법! 어느 쪽으로 보나 그것은 내 것이다. (퇴장)


거식이와 포수 거울을 들여다보면서 현장 중계 방송이라도 하듯 지껄인다.


**거 식**  (감탄하며) 하, 그 거울이 정말 신통하군— 저것 봐. 바보가 칼을 휘두르며 마을로 내려오고 있지 않아. 저 늠름한 걸음걸이.

**포 수**  자, 그만 보고 이리 내! (뺏는다. 들여다보다가 깜짝 놀란다) 가만, 저게 뭐야? 저게 호랑이 아냐?

**거 식**  어디, 어디?

**포 수**  (거식을 밀치며) 놓쳐 버렸잖아!

**거 식**  또 나타나겠지— 자, 나좀 보자구. 그 바보 왕자가 어떻게 하는지?

**포 수**  이런 귀찮은 사람. 안달도 어지간히 해야지—. (거울을 주머니 속에 넣어 버린다)

**배우 1**  (관객에게) 바보는 마을로 내려왔습니다. 마을 사람들은 그를 영웅처럼 추켜 줬지요. 바보는 이제 제법 왕자다운 면모를 보이기도 했습니다. 광대와 바보는 곧장 광대골로 올라갔습니다.


# 일곱째 거리


거식이와 바보 덩실거리며 들어온다.


**거 식**  오시네 오시네 하더니 우리 왕자님이 오셨네요. 아리아리 쓰리쓰리 아라리가 났네.


장단이 울리며 거식과 바보가 춤을 춘다.


**거 식**  (한참 추고 나서) 산신할머니, 아리라 각시님! 우리들의 왕자님이 돌아오셨습니다.

느린 가락의 음률이 시작되면 송이 춤을 추며 나온다.

바보와 송이 사랑을 나타내는 춤을 춘다.

이때 무대 좀 높은 단에 산신할멈이 나타난다.

**할 멈**  (방울을 흔들며) 멈추어라! (멈추고 돌아본다) 너희들은 내 앞에 무릎을 끊고 내 말을 듣거라. (그대로 한다) 내 이제 하늘에 계신 산신님의 뜻에 따라 너희들을 짝을 지어 주리로다. 내 말을 잘 듣고 오직 참된 성품을 트고 공덕을 잘 닦아야 앞으로 길이 밝은 빛을 얻으리라.

사람과 만물은 본래 세 가지 참함을 받았으니 하나는 참된 성품이요, 둘째는 참된 목숨이요, 셋째는 참된 기운이니라. 참된 성품은 착해서 어디에도 막힘이 없고 참된 목숨은 맑으니 오래도록 흐를 것이며, 참된 기운은 이지러지지 않느니라.

참된 마음과 목숨과 기운이 조화를 부리면 삼신님의 자손이 되어 나라와 백성이 잘 다스려질 테지만 느끼는 것, 숨쉬는 것, 몸부림이 망녕되게 가게 되면 근심과 걱정, 괴로움과 죽음만이 있을 것이다. 너희들은 호랑이가 오면 그 등에 타고서 산신님의 후손들이 모여 사는 나라 아리라로 가서 백성들의 어른이 될 것이다. (사라진다)

**거 식**  자, 이제야말로 태평세월을 만났구나. 아니 놀고 무엇 하랴. 황무지 빈 터를 개간하여 농업보국에 증산하자. 농자는 천하지대본이니 우리 인생 먹고 삶이 농사밖에 더 있느냐. 농사 한 철 지어 볼 제―.

물이 충충 몰논이요. 물이 말러 마른 논 아롱다롱 까투리찰 꺽꺽 푸드득 쟁끼찰 이팔청춘 소년베요, 나이 많이 노인베라.

적게 먹어 홀테베 많이 먹어 등트기 키가 짧아 은방조요. 키가 길어 늘대베라 밭농사를 지어 보자.

올콩동콩 청대콩 독수공방의 홀애비콩 도감포수 검정콩 알록다록이 피마자콩 봄보리 갈보리 늘보리요 육모보리 쌀보리 계피팥 녹두 동부 광쟁이며 핍쌀 모밀 쇠경 수수 율무 귀리 옥수수며 빛이 검어 벼룩조 이삭이 갈라져 새발조 참깨 들깨 때를 맞춰 잘 심어 잘 가꾸고 피땀 흘려 추수하여 우리 백성 풍족히 식량하고 곡식이 남으면 보리밀 털어 술을 빚고 콩, 팥 떨어 고물하고 찰베 찧어 찰떡 찌고 돗도 잡고 염소 잡아 덩덕쿵 소리에 춤추며 싫도록 놀아 보세—.

**거 식**   (몸을 조아리며) 왕자님 한 말씀 하시죠. 장차 임금님이 되시면 제일 먼저 무슨 일을 하시겠습니까?

**바 보**   나는 제일 먼저 목수들을 불러 엄니 얼굴을 만들 거야.

**송 이**   그 다음에는요?

**바 보**   온 나라에 메밀을 심어서 메밀농사를 많이 짓게 하고.

**거 식**   메밀? 왜 하필이면 메밀농사를?

**바 보**   도깨비들을 부르는 거야.

**송 이**   그래서?

**바 보**   도깨비 잔치를 크게 해주고 그 애들더러 농사도 짓게 하고 금도 캐게 하고 둑도 쌓게 한단 말야.

**송 이**   그럼 백성들은 뭘 하지요?

**바 보**   꽃나무나 심고 춤추고, 노래하고, 먹고 자고 그러지—.

**거 식**   다른 나라에서 군사들을 일으켜 쳐들어오면?

**바 보**   그건 꽃이 막아 주지.

**거 식**   꽃이 어떻게 막아 주지?

**거 식**   이런 답답한 왕자 봤나. 사람이 제일 무섭지! 이 세상에는 나쁜 마음을 가진 사람이 많단 말야.

머식이 왕자가 왕이 되면 그 자리를 뺏으려고 노리는 사람이 많단 말야.

**바 보** 그럼 왕 안 하면 되지 뭐!

**거 식** 예쁜 여자를 훔치러 오는 놈들도 있단 말이야. 저 아리라 공주를 훔치러 오는 놈도 있을 거란 말이야. 그땐 어떻게 하냐구!

**바 보** 갖고 싶으면 가지라고 그러지 뭐.

**송 이** 뭐가 어째!

**거 식** 왕자를 죽이려고 하면! 밤에 몰래 들어와 잠자는 머식이 왕자를 찔러 죽이려고 하면 어떻게 하지?

**바 보** 왜 그런 생각을 하지? 너무 똑똑하니까 그런 생각을 하는 거야. 바보는 그런 생각을 안 해.

**거 식** 세상엔 바보들만 사는 게 아니니까 그렇지. 아까 이리로 올라오기 전 마을에 있을 때 사람들 눈초리를 난 봤어. 모두 그 보물칼에 눈독을 들이고 있는 게 분명했어. 특히 그 사냥꾼은 오늘 밤이라도 그걸 훔치러 올 눈치더란 말이야. 무슨 방비책을 강구해야 하지 않아?

**바 보** ….

**거 식** 지금 당장 꽃을 심든지 담을 쌓든지 어디로 도망을 하든지 어떻게 해야지.

**바 보** 이 칼을 없애면 되지 뭐!

**거 식** 뭐라구? 칼을 없앤다고? 그걸 없애면 너는 왕자도 안 되구 아무것도 안 되지 않아? 그럼 지금까지 얘기한 게 아무 소용이 없지 않아? 이 바보야, 너는 그 칼을 갖고 있으니까 왕이 될 거라고 산신할머니가 말했지 않느냐 말이야. 머식아,

네가 왕이 돼야 해. 그래야 나도 뭐 한 자리 할 게 아니냔 말이야.

**송 이**  그 칼을 없애면 안 돼요. 나는 왕비가 될 수 없지 않아요? 그러지 말아요.

**바 보**  (양 손뼉을 딱 친다) 이건 왜 소리가 나지?

**거 식**  그야 두 손바닥이 부딪치니까 나지.

**바 보**  (두 손을 같은 방향으로 움직인다) 왜 소리가 안 나지?

**송 이**  똑같은 쪽으로 움직였으니까 그렇지요.

**바 보**  저 많은 하늘의 별들이 어떻게 달고 안 싸우는지 알아?

**거 식**  …?

**송 이**  …?

**바 보**  (두 팔을 같은 방향으로 크게 돌리면서) 이렇게 같이 돌아서 그래.

**거 식**  그래요. 그 말씀이 맞습니다.

**바 보**  산 속에는 호랑이나 곰 같은 무서운 짐승들이 살고 있는데 토끼 다람쥐 사슴들도 함께 같이 살아.

**거 식**  그것도 (바보의 먼저 번 흉내를 내며) 이것 때문이옵니까?


바보, 웃으며 끄덕.


**거 식**  그럼 적이 쳐들어와도 안 싸운단 말이옵니까?

**바 보**  …. (눈만 껌뻑거린다)

**송 이**  남이 이 몸을 탐내서 데려간대도 그냥 보고만 계실 거란 말입니까?

**바 보**  ….

**거 식**  그 보물을 뺏으러 와도 가만히 있을 거란 말입니까?

**바 보**  ….

(거식에게 칼을 주며) 이 칼 갖고 싶으면 가져. 아리라 공주님
도 가져가. 난 친구 많으니까.

저 달도, 저 별도, 다람쥐, 사슴, 고슴도치, 산돼지, 꾀꼬리,
종달새, 송아지, 물고기 모두가 내 친구니까. 그리고 밤이면
도깨비 친구들이 있으니까 난 그런 것 소용없어.

**거 식**  (칼을 받으며) 이거 내가 가져도 될까?


바보, 끄덕.


**송 이**  나도 싫어요?

**바 보**  (꽃을 보이며) 이 꽃을 나라 안에 길마다 고개마다 심어 놓아.
그러면 쳐들어오던 군사들이 그 냄새를 맡고 싸우지 않게 돼.

**거 식**  꽃보다 더 무서운 것을 갖고 쳐들어오면?

**바 보**  꽃보다 무서운 것은 없어.
사나운 벌들도 꽃한테 꼼짝 못 해. 그러니까 꽃이 제일 무서
운 거야.
싫은 게 아니야. 너무 이뻐서 내 것 아냐. 남이 탐을 내는 것
은 내 것이 아니야.
나는 남의 것을 갖고 싶지 않아.

**송 이**  머식이 왕자님! 정말 거룩하신 왕자님. 난 왕자님 곁을 떠나
지 않을래요.

**바 보**  나는 아리라 나라에도 갈 수 없어. 남들이 모두 가고 싶어해.
거기는 내가 살 곳이 아냐.
애오라지 나루가 내 나라 내 땅이야. 물방앗간, 내 집, 나는
내 집으로 갈 테야.

이때 털보가 헐떡이며 들이 닥친다.


**털 보**  어디를 가? 너 이 바보 녀석아, 나하고 한 판 겨뤄 볼래? (거
식을 보고) 오냐, 너도 있었구나. 내 바라던 대로 되었구나.
오늘은 너희들 꾀에 넘어가지 않는다. (거식에게) 그 칼 이리
내고 줄을 받아라.
너희들을 몽땅 한데 묶어 끌고 가서 우리 애들 사냥 공부나
시켜 줄 테니. (거식에게 가서 칼을 뺏고는 난폭하게 매질을 한다)

**거 식**  아이고 나 죽네. 머식이 왕자님 나좀 살려 주!

**바 보**  (의젓하게 걸어나가며) 비가 오려나, 눈이 오려나, 억수장마가
지려나. 갈매산 먹구름이 막 몰려온다. (퇴장)

**송 이**  거식이 왕자님 나를 이대로 두고 가시면 어떻게 해요. 야속
한 왕자님.

**털 보**  저 바보는 쓸모없는 녀석이라 가도 좋다. (거식과 송이를 묶는
다) 자, 가자!

**송 이**  (다급하고 절망적인 목소리로 말한다) 산신할머니, 산신할머니
날 좀 구해 주세요. 산신할머니는 나를 잡아 놓으시기만 했
지. 내가 이렇게 어려운 지경에 빠졌을 때 어찌하여 구해 주
시지를 않는 거예요? 호랑이는 어디 있고 아리라는 어느 쪽
에 있어요. 머식이 왕자님은 어디로 가고, 부귀영화는 어디
로 갔느냐 말이에요.
야속한 신령님이여 눈과 귀가 멀은 삼신님이여, 보고 계시
나이까? 듣고 계시나이까?

**털 보**  (능글맞게 웃으며) 그만했으면 인사는 됐다. 어서 가자—.


그들이 떠나려 할 때 골짜기를 흔드는 총소리가 들리고 이어서 포

수가 총을 휘두르며 춤추며 들어온다. 마치 전쟁놀이를 하듯 포수
의 광적인 춤에 위압당한 세 사람, 몸을 움츠리고 있다.


**포 수**    (춤을 끝내고 껄껄대고 웃는다) 아, 성공이다. 십 년 정성이 헛되
지를 않았다. 내 평생 찾아다니던 그놈— 그 호랑이를 잡았
으니 어찌 신명이 나지 않으리— 게다가 보물덩이까지 찾았
으니 여의주를 문 청룡과 날개 달린 백호를 한꺼번에 얻은
격이로다. (털보에게) 너 산도적놈아! 네 분수를 알렸다. 내 호
랑이를 기다리면서 숨어서 듣자 하니 가소롭게 그지없다. 너
화적떼의 두목 주제에 그 보검이 당하기나 하냐?
목숨이라도 건지고 싶거든 순순히 그 칼을 내놓고 내 앞에 굴
복하여라. 그리고 네 졸개들을 모두 끌고 와서 항복시켜라.

**거 식**    산 너머 산이요. 물 건너 물이구나.


털보, 칼을 받쳐 들고 포수 앞에 꿇으며


**털 보**    죽을죄를 지었습니다. 화승총 앞에 칼이 당하겠습니까? 이
제부터 두령님으로 모시겠으니 목숨만 살려 주십시오.

**포 수**    (칼을 받으며) 오냐, 내가 이 칼을 갖는 것은 내 사사로운 욕심
때문이 아니라 이 칼에 관한 헛소문으로 백성들은 게을러졌
고 이 칼을 얻으려고 수백 년 동안 서로 살생을 하였은즉 이
칼은 호랑이보다 더욱 큰 화근이니라. 다행이 이것이 내 손
에 들어왔으니 망정이지 다른 사람의 손에 들어갔을 경우를
생각하면 소름이 돋는다. 자 이제 앞으로는 후환도 없을 것
이고 칼을 찾는 소동도 없을 것이다. (산신할멈 나왔던 곳을 향
하여) 산신령님 감사합니다. 신령님이 도우사 이제 이 마을

사람들은 근심 걱정 없이 자손만대 화평하게 살게 될 것입니다. (송이에게로 가서 줄을 끌러 주며) 너는 지금부터 내 곁에서 내 시중을 들거라. 광대, 너는 내 앞에서 재롱이나 부리고. (거식도 끌러 준다)

**거 식**  자, 이거야 어느 장단에 춤을 춰야 하는 건지 알 수가 없구나. (노래) 닭이 됐다가 오리가 됐다가 거위가 됐다가 독수리로 바뀌는구나. 온누리 만물은 옛과 같이 생겼다 사라지고 어둡고 밝고 춥고 덥고 달고 쓰고 시고 떫고 오르고 내리는 것이 이치에 맞게 조화를 부리건만 사람이 하는 일만은 가늠할 수가 없구나.

이리 할까 저리 할까 궁리한들 쓸데없다. 몸이야 가건마는 마음조차 갈 수 있으랴. 아리아리 쓰리쓰리 아라리가 났네ㅡ.

아리랑 고개로 날 넘겨주소.

**포 수**  얼씨구 잘한다.

**송 이**  산비탈 굽은 길로 얼룩 암소 몰아가는 저 목동아 한가함을 자랑 마라. 엊그제 정든 님 이별하고 일구월심 맺힌 설움이 내 진정 깊은 한을 풀 길이 바이 없어 이곳에 머무르니 처량한 풀피릴랑 부디 불지를 마라.

**포 수**  더 좋구나.

이때 갑자기 무대 어두워지며 뇌성이 들리고 번갯불이 번쩍인다. 어둠 속에 도깨비들이 나타난다.

**포 수**  이게 뭐야? 왜 갑자기 어둡고 소란스러우냐? 빨리 불 밝혀라.

도깨비들 덩실거리며 방망이로 사람들 때린다.


**도깨비**    (노래: 난장타령)

네 무엇을 얻으려 하느냐.

네 소원을 말하거라.

네 무엇을 가지려느냐. 네 소원을 다 일러라. 금을 주랴 은을 주랴. 산호가지 보석을 주랴 금꿩을 주랴 은두루미를 주랴, 제 발로 구르는 금마차 하늘을 나는 은잠자리 금관 옥띠 곤룡포 도깨비 감투 도깨비 등걸이 재물 쏟아지는 복덩방망이를 주랴.

(후렴)

네 무엇을 가지려느냐. 네 소원을 다 말해라. 심술기운 장난기를 주랴, 천 리 단걸음질 축지법을 주랴, 만 리 천지를 뚫어 보는 안경을 주랴.

(후렴)

네 무엇을 가지려느냐. 네 소원을 다 말해라. 불을 주랴, 물을 주랴, 금을 주랴, 땅을 주랴, 해와 달 초목을 주랴, 갖고 싶다면 다 줄 테니 입이나 뻥긋해 보거라.

(후렴)

**포수·털보**    아무것도 갖고 싶지 않으니 매질이나 마시오.

**도깨비**    그 말 참말인가.

**포수·털보**    참말이올시다.

**도깨비**    그렇다면 너희들이 가진 것 다 내놓거라. 그리고 너희가 못 살게 군 내 친구 바보한테 가서 무릎 꿇고 용서를 빌어라. 자, 그럼 나는 간다. 난장 난장 난장이로다. 난장판으로 돌아간다. (총과 칼을 뺏어 들고 사라진다)

# 여덟째 거리

무대 밝아지면 배우 혼자 있다.

**배우 1**   (관객에게) 이렇게 해서 모두 쫄딱 망했는데 날이 밝아 햇살이 산등성이를 넘어오고 물소리 졸졸 송아지 메— 물새들 끼룩— 바람은 산들한 아침나절에 그들이 한자리에 모였더랍니다.

무대 위에 '애오라지집' 간판이 내려오고 거식과 포수 들어온다.

**거 식**   계시오. 아침 좀 얻어 먹읍시다.

**송 이**   (잠자리에서 나오는 듯 부시시한 얼굴로 나온다) 어서들 오세요. 간밤에 도깨비 집에서들 주무셨소?

**거 식**   엉! 도깨비집! 엉, 일어나 보니 다 쓰러져 가는 물방앗간이 더군.

**송 이**   그런데 사냥꾼 아저씨는 어디가 편찮으신가?

**포 수**   나? 아니 (송이 보기가 민망한듯)
꿈자리가 사나워서….

**거 식**   무슨 꿈을 꾸었는데요? 내가 꿈점도 조금 칠 줄 아니 얘기해 보슈.

**포 수**   내가 호랑이를 잡고 임금이 됐다가 혼이 나는 꿈을 꾸었는데….

**송 이**   (깜짝 놀라며) 나는 광대골 꿈을 꾸었는데….

거 식    (겁을 내며) 그거 이상한데 그러고 보니 나도 꿈에 댁들을 보
        았는데… 그 땅꾼 털보도 보고….

포 수    나도 그 사람을 봤는데—.

송 이    산신할멈도! 아니 이상하잖아요? 우리가 같은 꿈을 꾸다니.

거 식    가만 있자. 이 애, 바보 사공 아이가 안 보이지 않아? 꿈에
        그 애가 왕자가 됐었는데.

송 이    나는 왕비가 되고—.

거 식    맞아 그리고….

포 수    그만 해. 그 뒷얘기는 아까 했지 않아?

거 식    좀 창피한 모양이군. 생시에 먹은 마음이 꿈에 나타난다더니.

포 수    꿈은 꿈이야. 우리가 도깨비한테 홀린 거야. 그런데 내 총이
        온데간데 없단 말야.

송 이    도깨비가 아니에요. 귀신한테 씌웠던지 여우한테 홀린 거예
        요. 같은 꿈을 꿀 수가 없지 않아요?

거 식    아냐, 우리가 바보한테 홀린 것 아냐? 그 애가 도깨비야. 총
        도 그 애가 어디다 감췄을 거야.

포 수    글쎄, 목소리 하는 짓이 비슷했어. 이 녀석을 찾아서 확인을
        해야겠어.


        때를 맞춰 바보의 흥얼거리는 소리 들린다.


거 식    온다. 조심해!


        모두 소리 나는 쪽을 보며 기다린다.
        바보 싱글대며 어깨에 낚시대와 손에 고기 바구니를 들고 들어온다.

**바 보**　　물고기 가져왔어. (송이에게 준다. 송이 꺼림칙하게 받는다) 어젯
　　　　　밤에 총소리 들었지?

**송 이**　　들었지.

**바 보**　　(웃으면서) 저 사람이 도깨비를 쐈어 그지?

**포 수**　　(바보의 멱살을 잡으며) 너 내 총을 어디다 감췄니? 어서 말을
　　　　　해.

**바 보**　　난 안 감췄어! 난 정말 몰라.

**포 수**　　그럼 누구 짓이야? (거식에게) 당신 짓이지?

**거 식**　　내 참 밤에는 도깨비한테 올리고 낮에는 날벼락 맞네―. 이
　　　　　사람 아직도 꿈 속을 헤메나?

**포 수**　　내 총, 내 총이 어디 갔느냐 말야.

**바 보**　　도깨비가 가져갔어 정말이야. 도깨비는 장난을 잘 치니까.
　　　　　오늘 밤에 또 올 거야. 또 오면 모른 척하고 "그 '빵' 하는 총
　　　　　갖고 있기 귀찮더니 누군가 잘 가져갔다."고 말해. 그럼 얼
　　　　　른 갖다 줄 거야. (바보 낄낄거린다)


이때 털보가 반벙어리 딸을 밀치며 들어온다.


**털 보**　　너 이년 칼을 찾아와. 어느 놈에게 줬느냐? 강물에 던졌느
　　　　　냐? 땅 속에 묻었느냐? 말을 해!

**딸**　　　왕자가 가져갔어. 이 꽃하고 바꿨어.

**털 보**　　왕자가 누구냐?


딸, 손으로 바보를 가리킨다.


**털 보**　　뭐가 어째? 저것이 왕자라고?

| 포 수 | 그 처녀 말이 맞아. 저 애는 왕자야. 그리고 당신은 도둑 두령이고—. |
|---|---|
| 털 보 | (눈이 둥그레지며) 도둑이라고? 그럼 그 칼을 네 놈이… 어서 내놓아라. 내 칼! (포수에게 달려들며) 그 보검을 내놔! |
| 포 수 | (맞서며) 난 총을 잃어버렸단 말야. |

송이 깔깔대고 웃기 시작한다. 바보도 따라 웃는다. 처녀애도 따라 웃는다.

포수와 털보는 그럴수록 화가 치민다.

| 털 보 | 왜 웃는 거야? |
|---|---|
| 포 수 | 날 보고 웃는 게야? |

세 사람 여전히 웃는다.

털보와 포수 서로 노려보고 있다. 이 상태 조각처럼 정지한다.

| 배우 1 | 그 뒷 얘기는 이렇게 끝이 나게 됩니다. 털보는 무서운 독사에 물려 죽었고, 포수는 호랑이에게 찢기어 죽었고, 바보하고 반벙어리 처녀는 물방앗간에서 새살림을 차렸는데 도깨비들이 도와 주어서 잘 먹고 잘살게 되었고, 송이는 칠 년 만에 기다리고 기다리던 낭군이 돌아왔는데 병들고 상거지 폐인이 되어 왔다가 면목이 없어 다시 어디론가 사라지고, 나는요? 나는 지금 이렇게 여러분들하고 얘기를 나누고 있고요… (배우들에게) 수고했습니다. 이제 풀어 드리지! |
|---|---|

배우들 정지됐던 자세를 풀고 무대 앞으로 나온다.

배우 1 　자, 우리 다같이 난장타령을 부르면서 굿을 마치기로 합시
　　　　다. 여러분!

　　　　도깨비 역을 맡았던 배우들 나오면서 노래를 부르면 후렴을 모두
　　　　가 따라 부르는 식으로 진행한다.
　　　　노래하는 동안 산신할멈 역을 한 배우도 끼어든다.
　　　　노래가 끝날 때 막 내린다.

현대에 있어서 예술가들의 사회적인 역할은 어떤 것일까를 생각해 본
다.

홍수가 났다고 가정해 보자. 떠내려가는 큰 나무토막에 여러 층의 사
람들이 매달려 목숨을 부지하면서 흘러간다. 양반도 있고 종도 있고 부
인도 애기도 있다. 부자도 있고 가난뱅이도 있는가 하면 소리 잘하는 광
대도 있다.

같은 상황에서 각자의 사는 방법은 판이하게 다를 수밖에 없다. 양반
은 그 극한 상황에서도 자기의 권위나 지배욕을 충족시키려 할 것이고
부인은 비록 제 자식이 아니라 할지라도 본능적으로 어린 애를 보호할
것이다. 광대는 그 상황을 어떻게 통과할까? 재담과 소리로서 살아 부
지할 수밖에 도리가 없지 않을까 하는 생각이 든다. 이런 소리는 운명론
이나 숙명론이 아니며 좌절과 포기 끝에 도달하는 체념주의도 아니다.
그렇다고 순리에 따라야 한다는 분수주의는 더욱 아니다. 사람의 욕망
이나 이상은 끝이 없는 것이지만, 그것을 달성하고 못하는 것은 개인 능
력에 달려 있다.

같은 나무 토막에 매달린 사람들의 이상이나 욕망은 궁극적으로 같은
것—즉 잘사는 것, 훌륭하게 살자는 것, 행복하게 살자는 것이다. 현재
의 불행, 고통으로부터 해방되자는 것이다. 어떻게 하면 해방될 것이며,
행복을 움켜쥘 수 있을까?

광대의 입장에서 생각해 보면, 그는 광대답게, 소리로써, 재담으로써,

환상적인 얘기를 신바람나게 엮어 냄으로써, 그 불행한 군상들, 미래를 예측할 수 없는 절망적 상황 속에 떨고 있는 영혼을 달래 줄 수밖에 없다. 미래에 대한 확실하고도 논리적인 희망이나, 영생의 약속, 천국이나 극락세계로 간다는 확신을 주는 따위의 역할까지 광대가 할 수 있다고 생각하지는 않는다. 그렇다고 광대가 신선과 같은 비현실적 존재여야 한다는 뜻은 더욱 아니다.

그 광대도 그 현실 속에 실존하는 사람이다. 다만 현실적 존재자로서의 자각은 있으되 그가 할 수 있는 역량의 구역이 있을 뿐이다. 현실에 대한 자각을 광대답게 해내야 한다는 말이다.

〈애오라지〉는 도깨비 얘기 같은 연극이다. 다시 말하자면 전혀 비현실적으로 전개되는 연극이다. 굳이 근거를 대라 하면 도깨비 얘기를 많이 들어 왔던 어린 아기가 꿀 수 있는 꿈 같은 연극이라 할까? 주제가 뭐냐고 묻는다면 이것이다 라고 꼬집어 내어 대답을 할 수도 없다.

그렇다고 주제가 없다고 생각하지는 않는다. 주제란 의식적인 것도 있고 심층 심리에서 우러나오는 무의식적인 것도 있는 것이니까. 광대만이 지니고 있는 신명과 재능과 멋, 그것이 광대의 진실이며 광대의 삶의 의지이며, 광대만의 영광일 수 있는 것이니 그밖에 또 무슨 주제를 기대한단 말인가.

역사적 진실, 현실적 진실, 영원한 진실의 참얼굴을 찾아보려는 일은 보통 인간이면 누구나 하는 것이다. 농사꾼이 어떻게 하면 농사를 잘 지을 수 있을까 하는 생각을 하는 것과, 과학자나 철학자가 우주적 진리를 추구하는 것과 큰 차이가 있는 것은 아니다.

연극인은 인류가 당면한 문제들 가운데 자신에게 절실한 문제, 헤어날 길 없는 관심사를 보다 연극적으로 형상화하는 것이 중요하고, 그것을 통해서 보다 많은 사람들로 하여금 삶의 원기를 얻게 하고 아울러 연극인 자신들의 삶의 멋을 확인하는 태도가 중요하다고 생각한다.

민예 창단 이래 함께 연출 작업을 해오던 손진책이 처음으로 내 졸작의 연출을 맡아 준 것 기쁘기 그지없고, 단원들의 열성과 창의력으로 엉성한 작품이 보완되어 되도록 연극답게 되어졌으면 하는 바램 간절하다. 늘 염려해 주시고 도와 주시는 민예의 후원 가족 여러분께 감사한다.

공연예술신서 · 74

**물도리동 / 애오라지**

허규 극본집 1

초판 1쇄 인쇄일   2019년  4월 12일
초판 1쇄 발행일   2019년  4월 18일

지 은 이     허규
만 든 이     이정옥
만 든 곳     평민사
            서울시 은평구 수색로 340 [202]
            전화: (02)375-8571(代)
            팩스: (02)375-8573

            **평민사(이메일) 모든 자료를 한눈에 —**
            http://blog.naver.com/pyung1976

등록번호     제251-2015-000102호

 ISBN       978-89-7115-702-2    03800

 정 가       10,000원